dtv

Reihe Hanser

Wenn Merle und Moritz nachts durch die schwarze Kinderzimmertür das Reich der Murkelei betreten und dort Abenteuer erleben, haben sie das vielleicht ihrer neuen Nachtfrau Gesine Wolkenstein zu verdanken. Überhaupt ist vieles anders, seit sie da ist. Schmale Lippen hat sie, und in der Schule erzählen sich die Schüler, in ihrem Laden verschwinden Kinder.
Nichts für schwache Nerven? Vielleicht doch. Eine wohligschöne und gruselige Geschichte für kuschelige Abende.

Jutta Richter, 1955 geboren, veröffentlichte noch als Schülerin ihr erstes Buch. Seit 1978 lebt sie als freiberufliche Autorin im Münsterland. Neben vielen anderen Auszeichnungen erhielt sie u. a. den Deutschen Jugendliteraturpreis.

Günter Mattei, 1947 in Österreich geboren, studierte Grafik-Design und lebt als freier Grafiker, Buchgestalter und Illustrator in München. Jahrelang hat er die Plakate des Münchner Tierparks Hellabrunn und der Schauburg in München entworfen.

JUTTA RICHTER

Frau Wolle und der Duft von Schokolade

Mit Illustrationen von

Günter Mattei

dtv

Ausführliche Informationen über
unsere Autoren und Bücher
www.dtv.de

Die Arbeit der Autorin am vorliegenden Buch wurde vom
Deutschen Literaturfonds e.V. gefördert.

Jutta Richter in der *Reihe Hanser*:
Der Hund mit dem gelben Herzen (dtv 62041)
Der Tag, als ich lernte die Spinnen zu zähmen (dtv 62119)
Hechtsommer (dtv 62281)
Hinter dem Bahnhof liegt das Meer (dtv 62357)
Ich bin hier bloß der Hund (dtv 62551)
Helden (dtv 62590)
Ich bin hier bloß das Kind (dtv 62679)

FSC www.fsc.org
MIX
Papier aus verantwortungsvollen Quellen
FSC® C002795

2020 dtv Verlagsgesellschaft mbH & Co. KG,
München

Umschlaggestaltung: dtv unter Verwendung
einer Illustration von Günter Mattei
Druck und Bindung: Livonia Print, Riga
Printed in Latvia · ISBN 978-3-423-62727-6

Für alle Kinder,
die wissen wollen,
wie die Welt hinter der Welt aussieht.
Für die Angsthasen und die Löwenherzen.
Für die Schmetterlingsschützer
und die Glücksbringer.
Für die Kopfschüttler und die Neinsager.
Für die Sachensucher und die Sachenfinder.
Und ganz besonders
für Lili.

HASENWEGKINDER

Es ging das Gerücht, dass Gesine Wolkensteins schwarzer Laden Kinder verschlucke.

Zoe Sodenkamp behauptete sogar, zwei dieser Kinder gekannt zu haben. Aber das konnte nicht sein, denn Zoe Sodenkamp war neu im Hasenweg. Wir wohnten schon immer dort.

Als Hasenwegkind führt dein Schulweg durch die Sperbergasse. Vorbei am blauen Haus, vorbei am gelben Haus, vorbei am roten Haus, vorbei an Tozzis grünem Eisentor, wo Tozzis Dackel kläfft und wütend hochspringt und mit den Krallen dieses Krietschgeräusch macht, wenn er am Eisen abrutscht. Und dann vorbei am schwarzen Laden von Gesine Wolkenstein ...

Da hielten wir die Luft an, fassten uns an den Händen, machten uns unsichtbar, rannten mit gesenkten Köpfen vorbei und atmeten erst wieder, wenn wir den Rathausplatz erreicht hatten.

Dort waren die Fenster weit geöffnet, der Sommermorgen funkelte wie verrückt und schmiss die Sonne mit beiden Händen auf das Kopfsteinpflaster ...

SENF UND SERVIETTEN

Zoe Sodenkamp wohnte mit ihrer Mutter bei Niemanns unterm Dach. In der kleinsten Wohnung der Welt. Deshalb durften wir auch nie bei ihr spielen.

»Wenn Mama und ich zu Hause sind, ist die Wohnung voll. Ich sag euch Bescheid, wenn Mama mal weggeht.«

Aber Zoes Mama ging nie weg.

Bei uns war das anders. Unsere Mama war den ganzen Tag weg, und wenn sie abends nach Hause kam, war sie müde und hatte dunkle Ringe unter den Augen.

»Wie war's in der Schule?«, fragte sie.

»Schön«, antworteten wir.

»Besondere Vorkommnisse?«

»Keine«, antworteten wir.

»Elternpost?«

»Ja«, sagten wir.

»Ach, du liebe Zeit«, stöhnte Mama. »Kuchenspende für das Schulfest! Das schaff ich nie im Leben!«

»Dann mach's doch wie immer«, sagten wir.

»Senf und Servietten?«

»Ja, Senf und Servietten.«

»Du bist schließlich alleinerziehend«, sagte Moritz.

»Celinas Mutter macht gar nichts«, sagte ich. »Die ist alleinerziehend und stillt nach Bedarf.«

»Ach.« Mama zog die Augenbrauen hoch. »Ist das neue Kind schon da?«

»Vier Wochen schon. Celina hat erzählt, es schreit die ganze Nacht!«

»Wie schrecklich«, sagte Mama. »Also gut, Senf und Servietten. Ich leg jetzt mal die Füße hoch. Braucht ihr noch was?«

Moritz und ich schüttelten den Kopf.

Wir gingen in die Küche und machten Schnittchen. Einen kleinen Teller für Mama, einen großen für uns selbst.

Mama liebte es, abends bedient zu werden. Schnittchen mit Sommerwurst. Bananenscheiben, Tomatenviertel. Ein Glas eiskaltes Wasser.

Moritz und ich wussten genau, was Mama brauchte.

DER RADIOPAPA

»Ich will jetzt nichts mehr hören!«, rief Mama. Das rief sie jeden Abend. »Ich will jetzt nichts mehr hören!«

Moritz und ich lagen in unseren Betten. Es war stockfinster, nur ein schmaler Lichtstreifen fiel unter der Tür durch. Wir lauschten in die Dunkelheit. Wir hörten Mamas Schritte. Wir hörten, wie sie den Kühlschrank öffnete und wieder schloss. Sie ging ins Wohnzimmer. Wir hörten, wie sie sich in den Sessel fallen ließ, dann lief der Fernseher.

»Jetzt«, flüsterte Moritz.

Er schlug die Bettdecke zurück und kam in mein Bett. Wir zogen die Decke über unsere Köpfe, und dann schalteten wir den Weltempfänger ein.

Der Weltempfänger war ein Papa-Geschenk. Eigentlich ein Papa-Abschiedsgeschenk, obwohl wir das an jenem Weihnachtsabend noch nicht gewusst hatten. Papa hatte mir das Paket in die Hand gedrückt und gesagt: »Merle, du bist die Ältere, aber es ist für euch beide.«

Ungeduldig hatte ich das Geschenkpapier abgerissen, während Moritz mir über die Schulter guckte. Das Ding hatte wie ein stinknormales Radio ausgesehen. Moritz verzog das Gesicht.

»Mensch, Papa! Was sollen wir denn damit? Wir haben doch schon den Ghettoblaster!«

»Das ist ein Weltempfänger«, hatte Papa gesagt. »Mit einem Weltempfänger kann man Radio von überall hören. Radio von ganz weit weg, aus Afrika oder Alaska, aus Finnland oder Feuerland. Wenn man Französisch könnte, könnte man damit sogar den Polizeifunk von Paris empfangen.«

»Aber das kann man mit einem Internetradio doch auch.«

»Nein, mein Schatz«, hatte Papa gesagt. »Für ein Internetradio brauchst du das Internet. Für einen Weltempfänger reicht eine Batterie.«

Zuerst war da nur ein Rauschen. Ich drehte ganz langsam am Sendersucher. Ein leises Fiepen legte sich über das Rauschen, Stimmfetzen kamen dazu. Die Stimmfetzen wurden deutlicher. Eine Sängerin schrie: »Oh, noho.«

»Weiter«, flüsterte Moritz.

Ich drehte noch langsamer. Jetzt kam es auf Millimeter an.

»Das ist er«, flüsterte Moritz.

Aus dem Weltempfänger kam Papas Stimme. Zuerst noch etwas rauschig, aber dann klarer und immer klarer. Die tiefe Stimme war ganz nah, so nah, als ob er neben uns liegen würde. Es war plötzlich ein bisschen wie früher, wenn wir am Sonntagmorgen in sein Bett gekrabbelt waren und unsere Köpfe auf seine Brust legten. Da hatte er Geschichten erzählt, Geschichten aus der Murkelei, Geschichten aus der Walachei, Geschichten aus Tertschenien und Minamar, denn unser Papa wollte schon immer weit weg.

»Liebe Hörerinnen und Hörer, wo auch immer Sie sein mögen, ich werde Sie durch die Nacht begleiten. Gemeinsam werden wir eine musikalische Reise unternehmen. Von St. Petersburg über Istanbul nach Timbuktu. Wir werden Burkina Faso besuchen, das Land der aufrichtigen Menschen, wir werden Odessa musikalisch erkunden, Palermo und Tunis liegen auf unserer Strecke. Kommen Sie mit, wo auch immer Sie uns zuhören, packen Sie die Reisetasche! Ich verspreche Ihnen eine aufregende Nacht. Sie werden es nicht bereuen, wach geblieben zu sein, denn die Welt ist groß und schön, und weit hinterm Horizont warten die musikalischen Abenteuer auf uns …«

»Glaubst du, er hat uns gemeint?«, fragte Moritz, als die Musik einsetzte. »Meinst du, er weiß, dass wir ihn hören?«

»Na klar«, flüsterte ich.

Moritz seufzte zufrieden. Er kuschelte sich eng an mich. Seine Atemzüge wurden tiefer. Ich lag ganz still. Ich hörte Moritz' Schlafatem, lauschte der Musik, die mein Vater aus St. Petersburg mitgebracht hatte, und wartete auf seine Stimme.

ZETTELKRAM

Mama war strubbelig. Sie saß im Schlafanzug am Küchentisch und fuhr sich immer wieder mit den Händen durchs Haar. Vor ihr lagen ein Kugelschreiber und ein Stapel weißes Papier.

»Das schaff ich nie …«, murmelte sie. »Es wird eine Katastrophe geben.«

Sie zerknüllte einen Papierbogen und nahm ein neues Blatt.

»Wusstest du, dass Burkina Faso das Land der aufrichtigen Menschen ist?«, fragte Moritz.

Mama starrte ihn an, als hätte sie ihn noch nie gesehen.

»Was redest du da?«

»Burkina Faso«, sagte Moritz. »Burkina Faso ist das Land der aufrichtigen Menschen …«

»Sagt wer?«, fragte Mama.

»Sagt Papa«, antwortete Moritz.

Mama setzte sich kerzengrade auf.

»Ist er wieder da? Hast du ihn gesehen? Nun rede schon!«

Moritz grinste. »Nein.«

»Was nein?«

»Papa hat mir das mal erzählt. Früher.«

»Ach so.«

Mama sackte wieder zurück. Sie kaute auf dem Kugelschreiber, was eigentlich strengstens verboten war.

»Was schreibst du denn da?«, fragte ich.

Mama antwortete nicht.

»Zettelkram!« Moritz zuckte die Achseln.

Draußen schlug die Kirchturmuhr elf Mal. Bald würde der Sonntagmorgen vorbei sein. Wir nickten uns zu, dann standen wir auf und schlichen leise ins Fernsehzimmer.

In der spannendsten Szene des Märchenfilms stellte sich Mama zwischen uns und den Fernseher.

»Mensch, Mama!«, schimpfte Moritz.

Er versuchte, an Mama vorbeizugucken. Keine Chance: Mama stand da wie eine Mauer.

»Also, ihr Lieben«, sagte sie und schnappte sich blitzschnell die Fernbedienung. »Ich mach dann mal aus.«

Moritz und ich jaulten auf.

»Das ist unfair!«

»Blödsinn«, sagte Mama. »Ihr kennt das Märchen doch. Aber das hier« – sie hielt einen beschriebenen Zettel hoch – »das hier kennt ihr noch nicht. Hört zu!«

NACHTFRAU GESUCHT

Dringend gesucht!
Für meine Herzenskinder Merle (11) und Moritz (8) suche ich eine Nachtfrau, die die beiden abends ins Bett bringt und bis zum Morgen bei ihnen bleibt. Sie sollte zuverlässig und freundlich sein und Erfahrung im Umgang mit Kindern haben. Bitte melden Sie sich, wenn Sie unsere gute Fee werden wollen!
Tel: 01 71 / 8 16 70 81
Wir warten auf Sie!

»Na, wie findet ihr den Text?«, fragte Mama. »Raus mit der Sprache und ganz ehrlich.«
Wir sahen uns an. Wir schüttelten beide den Kopf.
»Was soll der Quatsch?«, fragte ich dann. »Wieso brauchen wir eine fremde Frau, die uns ins Bett bringt? Wir gehen schon seit Jahren allein ins Bett! Wir kommen doch klar! Warum soll uns denn jetzt plötzlich jemand ins Bett bringen? Und du bist doch auch immer da!«
Mama legte den Kopf schief und die Stirn in Falten, dann sagte sie: »Eben nicht. Ab nächste Woche habe ich Nacht-

dienst. Ich muss um 20.00 Uhr in der Klinik sein und komme erst am nächsten Morgen um halb sieben zurück.«

»Mist!«, sagte Moritz.

»Aber ich bin doch schon elf. Ich kann doch auf Moritz aufpassen«, sagte ich.

»Den Bock zum Gärtner machen? Auf gar keinen Fall«, sagte Mama. »Da hätte ich ja keine ruhige Minute in der Klinik.«

»Aber du könntest uns doch einen Hund kaufen«, schlug Moritz vor. »Hunde sind richtig gute Aufpasser. Am besten sind die ungarischen Hütehunde. Die können selbstständig arbeiten, sind wachsam und lieben Kinder. Sie können sogar Kuhherden beschützen. In Ungarn treiben sie die Zackelschafe und Wollschweine auf die Weiden.«

»Ach ja? Und wenn du krank bist, kocht der Hund dir Fencheltee und macht dir einen Halswickel, nicht wahr?«

»Solche Hunde gibt es auch. Die nennt man Assistenzhunde«, sagte Moritz.

Mama machte ihr Schluss-Aus-Themawechsel-Gesicht. »Ihr Lieben, wir brauchen keinen Hund, wir brauchen eine Nachtfrau, und damit basta!«

DIE HOFFNUNG

Moritz und ich waren ziemlich sauer, denn uns war klar, dass »Nachtfrau« nur ein anderes Wort für Babysitter war und dass Mama genau gewusst hatte, dass wir bei so was nicht mitspielen würden.

»Warum fragt sie uns eigentlich?«, schimpfte Moritz. »Warum fragt sie uns eigentlich, wenn doch sowieso alles schon entschieden ist?«

»Alle werden uns auslachen«, sagte ich.

»Alle in der Schule werden mit dem Finger auf uns zeigen. Guckt mal, da kommen Merle und Moritz! Na, wo ist denn euer Babysitter?«

»Aber nur, wenn sie's rauskriegen.«

»Ich verwette meinen Arsch: Sie kriegen's raus.«

»Hör doch auf«, sagte Moritz, und dann sagte er: »Ich wünschte, Papa wär hier.«

Aber das sagte er ganz leise, weil wir abgemacht hatten, dass wir das nie sagen würden.

Es war Gott sei Dank verboten, Zettel an öffentliche Bäume zu hängen, sonst wäre Mamas »Nachtfrau gesucht« mit Sicherheit in der ganzen Stadt zu lesen gewesen.

So aber blieb ihr nichts anderes übrig, als den Zettel nur im Supermarkt an die Pinnwand zu stecken. Am unteren Rand hatte sie zwanzigmal ihre Handynummer quer geschrieben, sodass man die Nummer einfach abreißen konnte, wenn man den Job wollte.

Jeden Nachmittag nach der Schule machten Moritz und ich einen Umweg von zwanzig Minuten, um nachzusehen, ob ein Nummernschild fehlte. Fünf Tage lang war nichts passiert. Unsere Hoffnung, dass sich niemand auf die Nachtfraustelle bewerben würde, wurde immer größer.

Am sechsten Nachmittag jedoch zerplatzte die Hoffnung wie eine Seifenblase. Mamas Handynummer fehlte gleich zweimal. Der untere Zettelrand sah jetzt aus wie ein Gebiss mit Zahnlücken.

»Fein säuberlich abgerissen«, stellte Moritz fest. »Das waren bestimmt keine Kinder, die einen Streich spielen wollen. Da sucht jemand Arbeit.«

Es war, als könnten wir das Unheil spüren, das da auf uns zukam. Wir schlichen in der Wohnung herum wie zwei Tiger im Käfig. Wir schauten aus dem Fenster und warteten auf Mama. Die Sekunden vertickten. Jedes Mal, wenn mein Blick auf die Küchenuhr fiel, war wieder nur eine Minute vorbei.

»Vielleicht ist sie nett«, sagte Moritz. »Vielleicht ist sie ein Supermodel.«

Ich tippte mit dem Finger gegen meine Stirn.

»Vielleicht lässt sie uns fernsehen«, sagte Moritz.

»Vielleicht ist sie eine Außerirdische«, sagte ich.

»Vielleicht stellt Mama sie gar nicht ein«, sagte Moritz.

»Das passiert nur, wenn sie ein außerirdisches Supermodel ist.«

»Unwahrscheinlich«, sagte Moritz. Ich nickte.

Wir hörten Mamas Schlüsselbund klimpern und klappten wie auf ein geheimes Kommando gleichzeitig unsere Schulhefte auf.

Dringend gesucht!
Für meine Herzenskinder Merle (11) und Moritz (8) suche ich eine Nachtfrau, die die beiden abends ins Bett bringt und bis zum Morgen bei ihnen bleibt.
Sie sollte zuverlässig und freundlich sein und Erfahrung im Umgang mit Kindern haben. Bitte melden Sie sich, wenn Sie unsere gute Fee werden wollen!
Tel: 0171-816 70 81 Wir warten auf Sie!

0171-816 70 81 | 0171-816 70 81 | 0171-816 70 81 | 0171-816 70 81 | 0171-816 70 81 | 0171-816 70 81 | 0171-816 70 81 | 0171-816 70 81 | 0171-816 70 81 | 0171-816 70 81 | 0171-816 70 81 | 0171-816 70 81 | 0171-816 70 81 | 0171-816 70 81 | 0171-816 70 81 | 0171-816 70 81 | 0171-816 70 81

DAS UNGLÜCK

»Hallo, ihr Lieben!«, rief Mama. »Ich bin da, wer noch?«
Sie stürmte die Treppe hinauf. »Ja, wo seid ihr denn?«
Mama riss die Kinderzimmertür auf. Ihre Wangen waren gerötet, ihre Augen strahlten. Wir steckten die Köpfe tief in unsere Schulhefte.
»Ratet mal, wer gleich vorbeikommt?«, flötete Mama.
Das Unheil war also schon auf dem Weg.
»Die Nachtfrau«, flüsterte Moritz.
»Genau«, lachte Mama.
»Und sie ist wirklich nett. Ihr werdet schon sehen.«
»Hat sie auch einen Namen?«, fragte ich.
»Natürlich! Aber der wird nicht verraten. Lasst euch mal einfach überraschen. Ich ruf euch dann runter, wenn sie da ist.«
Vom Fenster aus konnten wir einen Teil der Straße einsehen. Wir drückten unsere Nasen an die Scheibe.
Wir sahen Frau Tozzi aus der Sperbergasse mit ihrem fetten Dackel. Sie kam direkt auf unsere Haustür zu. Moritz und ich hielten den Atem an.
»Geh vorbei. Bitte, bitte, geh vorbei«, flüsterte ich.

Der Dackel hob das Bein und pinkelte an unseren Laternenpfahl. Frau Tozzi zog ihn weiter.
»Puh, das war knapp«, sagte Moritz.
Wir sahen Zoe Sodenkamp, die mit der Mutter ins Auto stieg, den Kopf hob und uns winkte. Wir winkten zurück.
Als Nächster bog Herr Pohling um die Ecke. Früher hatte ihm das Schuhgeschäft am Rathausplatz gehört. Herr Pohling spuckte beim Sprechen, deshalb gingen wir ihm aus dem Weg. Heute trug er einen hellen Strohhut und zog das linke Bein etwas nach.
Wir sahen, wie Frau Wehrenbold ihren Mülleimer an die Straßenkante schob. Herr Pohling versuchte sofort, sie in ein Gespräch zu verwickeln, aber sie blieb nicht einmal stehen. Sie wedelte nur mit der Hand, als wolle sie lästige Fliegen verscheuchen, und schüttelte ihren Kopf. Hinter Frau Wehrenbold schlug die Haustür zu.
Dann passierte lange nichts mehr.
Das Unglück ließ sich Zeit.
Moritz setzte sich wieder an den Tisch.
»Mach ich eben Hausaufgaben«, murmelte er und zog sein Mathebuch aus der Schultasche.
Ich warf mich aufs Bett und machte mich auf das Schlimmste gefasst. Wenn Papa noch hier wäre, würden wir niemals eine Nachtfrau bekommen.

»Man muss Kindern auch mal was zutrauen«, hatte er lachend gesagt, als ich damals ganz hoch oben im Kastanienbaum saß. Unter dem Baum hatte Frau Schneemilch gestanden und mit offenem Mund zu mir raufgestarrt.

»Aber wir müssen doch was tun! Das Kind kann sich das Genick brechen! Wir müssen die Feuerwehr rufen!«

Das alles war auf Sebastian Schneemilchs Geburtstagsfeier geschehen.

Beim Topfschlagen hatte ich nur den Trostpreis gewonnen: einen blöden rostbraunen Radiergummi. Beim Versteckspiel würde mir das nicht passieren. Der Kastanienbaum hatte eine raue Rinde gehabt, und der Stamm war so gewachsen, dass man ziemlich leicht hochklettern konnte. Von oben konnte ich die halbe Stadt überblicken. Ich lehnte mit dem Rücken an einem Hauptast. Der Wind kühlte mein Gesicht. Knapp unter mir hatten Tauben ein Nest gebaut. Die Täubin duckte sich in die Zweige und bewegte sich nicht. Die Sonnenflecken tanzten durchs Blätterdach.

Sebastian Schneemilch und die anderen Kinder hatten inzwischen fast eine Stunde nach mir gesucht.

»Merle, Merle, wo bist du?«

Ich hatte nicht geantwortet, und ihre Rufe waren immer weinerlicher geworden.

Es war ein großartiges Gefühl gewesen, hoch über der Welt zu sitzen und zu wissen: Das war der erste Preis! Sie würden mich niemals finden.

Frau Schneemilch hatte schließlich Papa zu Hilfe geholt.

»Merlekind, piep mal«, war Papas Zauberwort gewesen.

Ich gurrte wie eine Taube, nur lauter. Und Papa hatte mich sofort entdeckt.

»Aber wir müssen doch was tun! Das Kind kann sich ja das Genick brechen! Wir müssen sofort die Feuerwehr benachrichtigen!«, hatte Frau Schneemilch gerufen und die Hände gerungen. Mein Papa aber hatte Frau Schneemilch einfach ausgelacht.

»Man muss Kindern auch mal was zutrauen«, hatte er lachend gesagt und dann ein strenges Gesicht gemacht und gebrüllt: »Du kommst jetzt sofort herunter, Merle Neumann, hast du mich verstanden?«

Nein, wenn Papa noch da wäre, würden wir nie im Leben eine Nachtfrau bekommen, so viel war sicher.

DER FARBWECHSEL

Natürlich hatten wir den Augenblick verpasst, als sie die Straße runterkam.

Mamas Rufen ließ uns aufschrecken.

»Merle, Moritz! Kommt ihr bitte?«

Auf jeder Treppenstufe machte ich eine Pause. Moritz schlich im Schneckentempo hinter mir her.

Mama stand in der Küchentür und winkte uns heran. »Nun kommt doch endlich.«

Ich fühlte meinen Herzschlag bis in die Fingerspitzen.

Ich drehte mich um, fasste Moritz an die Schulter und schob ihn wie einen Schutzschild vor mir her in die Küche.

Sie saß am großen Küchentisch auf Papas Stuhl.

Sie hielt einen Löffel in der knotigen Hand und rührte Zucker in den Tee.

Sie hatte schmale Lippen, grasgrüne Augen, und eine feine Goldrandbrille hing auf ihrer Nasenspitze.

Der schwarze Stock mit dem Silbergriff lehnte an der Tischkante.

Wir hatten mit allem gerechnet, aber damit nicht.

Wir kannten sie.

Wir wussten genau, wer sie war.

Sie wohnte in der Sperbergasse. Sie war die Inhaberin des schwarzen Ladens, der Kinder verschluckte. Ihr Name war Gesine Wolkenstein.

Ich hörte, wie Moritz leise stöhnte.

Gesine Wolkensteins grasgrüne Augen wechselten die Farbe. Sie wurden plötzlich schwarz. Und ihre Stimme war rau und streng.

»Was sagt der Esel, wenn er in die Mühle kommt, Moritz? Du bist doch der Moritz, nicht wahr?«

Was für eine dumme Frage, dachte ich, aber Moritz brachte kein Wort heraus.

»Na, Merle, du wirst es doch bestimmt wissen. Was sagt der Esel?«

»Iiaahh«, antwortete ich.

Gesine Wolkenstein und Mama brachen in Lachen aus. Aber das war kein schönes Lachen, das war ein Auslachen. Gesine Wolkenstein lachte uns aus. Sie hatte einen Witz gemacht, den nur Mama verstand, und sie lachte uns aus.

Ich fühlte, wie sich die Härchen auf meinen Armen aufstellten. Ich spürte, wie ich eine Gänsehaut bekam, und obwohl es ganz warm in der Küche war, fing ich an zu frieren.

Gleichzeitig sah ich, wie sich die Augenfarbe Gesine Wolkensteins beim Lachen erneut veränderte.

Diesmal wurden ihre Augen hellblau und durchsichtig wie das Wasser in unseren neuen blauen Trinkgläsern.

Wie macht sie das bloß, dachte ich. Und ich dachte, dass das gruselig war.

Mama hörte auf zu lachen.

»So, meine Lieben«, sagte sie. »Jetzt steht hier nicht rum, sondern begrüßt bitte die Frau Wolkenstein. Ich bin sehr froh, dass sie unsere Nachtfrau wird, und ich denke, ihr werdet euch schnell mit ihr anfreunden. Also, los jetzt!«

Gesine Wolkenstein ergriff meine Hand. Ihr Händedruck war so fest, dass ich fast in die Knie gegangen wäre. Dann war Moritz an der Reihe.

»Guten Tag, Frau Wolkenstein«, krächzte er und versuchte seine Hand wegzuziehen.

Doch Frau Wolkenstein ließ nicht los.

»Guten Tag, Moritz«, sagte sie. »Ich freue mich sehr, dich kennenzulernen. Und ich bin sicher, wir werden uns gut verstehen, nicht wahr?«

Moritz nickte und wollte lächeln, aber es gelang ihm nur ein schiefes Grinsen.

Gesine Wolkenstein ließ Moritz' Hand los und öffnete ihre große schwarze Handtasche.

Sie wühlte eine Weile darin herum und zog dann zwei in Goldpapier gewickelte Schokoladenriegel heraus. Sie betrachtete die Schokoladenriegel nachdenklich und wog sie in der Hand. Ihre Augen hatten wieder die grasgrüne Farbe vom Anfang angenommen.

»Hier, Merle.« Sie reichte mir einen Schokoladenriegel. »Dieser ist für dich!«

»Danke, Frau Wolkenstein«, sagte ich.

»Und Moritz, das hier ist deine Schokolade.«

»Danke, Frau Wolkenstein«, murmelte Moritz.

»Na, dann dürft ihr jetzt wieder an die Hausaufgaben.« Mama goss sich eine Tasse Kaffee ein.

»Frau Wolkenstein wird morgen die erste Nacht bei uns sein.«

Wir nickten.

»Nur Mut«, sagte Gesine Wolkenstein. »Das wird schon schiefgehen mit uns, nicht wahr?«

Sie sah Moritz und mich mit einem durchdringenden Blick an.

»Und was sagt der Esel, wenn er die Mühle verlässt?«

»Auf Wiedersehen«, antworteten Moritz und ich gleichzeitig.

DIE ZAUBERSCHOKOLADE

Wir hielten unsere Schokoladenriegel in der Faust und schlichen schweigend und mit gesenkten Köpfen die Treppe hinauf. Erst als wir die Zimmertür hinter uns fest geschlossen hatten, sagte Moritz: »Verschwinden lassen kann sie uns jedenfalls nicht.«

»Das ist wahrscheinlich das Einzige, was sie nicht kann«, entgegnete ich. »Wir werden jede Nacht allein mit ihr sein ...«

»Aber wir sind doch zu zweit, und Mama kommt morgens immer zurück.«

Ich untersuchte vorsichtig meinen Schokoladenriegel und legte ihn dann auf meinen Schreibtisch.

»Hast du ihre Augen gesehen?«

Moritz schüttelte den Kopf.

»Was ist denn mit ihren Augen?«

»Sie wechseln die Farbe!«

»Blödsinn.«

»Du wirst schon sehen.«

Moritz verzog das Gesicht.

»Wenn du mir Angst machst, sag ich's Mama.«

»Ich will dir keine Angst machen, aber …«
»Ich jedenfalls esse jetzt meine Schokolade«, sagte Moritz und riss das Goldpapier ab.
»Das würde ich nicht tun. Die Schokolade könnte verhext sein. Bitte, Moritz!«
Ich musste an das Märchen von Brüderchen und Schwesterchen denken, das Papa uns früher immer erzählt hatte.
»Brüderchen, trink nicht! Sonst wirst du ein wildes Tier und zerreißest mich!«
Ich sah, dass Moritz zögerte.
»Denk an Brüderchen und Schwesterchen, da war das Wasser verhext.«
»Mensch, Merle. Du spinnst ja.« Moritz grinste, verdrehte die Augen, knurrte wie ein großer Hund und führte die Schokolade langsam zum Mund.
»Nicht essen!«, rief ich.
Aber zu spät. Der Schokoladenriegel war in seinem Mund verschwunden.
Ich wartete auf die Verwandlung. Wolf oder Löwe, dachte ich. Wolf oder Löwe würden zu meinem Bruder passen.
Ich starrte auf seine Hände. In den Märchenfilmen fingen die Verwandlungen immer an den Händen an. Die Fingernägel wurden zu Krallen, und dann schoben sich dunkle Fellhaare durch die Haut.

Moritz hatte die Augen zugemacht und schmatzte laut.
»Boah! Ey!!«, sagte er. »Dapf ipft die bepfte Schokolade meines Lebens!«
Ich wartete noch immer auf die Verwandlung. Aber es passierte nichts.
Es passierte nichts, außer dass mein Bruder sagte: »Also, eigentlich finde ich es gar nicht schlecht, dass Frau Wolkenstein unsere Nachtfrau ist. Solange sie diese Schokolade mitbringt, kann sie gerne bei uns bleiben …«
Ich schlug die Hände vors Gesicht.
Frau Wolkenstein hatte meinen Bruder Moritz verhext. Ich hatte es kommen sehen und nichts dagegen tun können.

WOLKENSTEINZEIT

»Und dass mir keine Klagen kommen!
Und ihr tut, was sie sagt!
Und vergesst nicht, die Zähne zu putzen!
Und keine Verzögerungstaktik!
Und denkt daran, Frau Wolkenstein alles zu zeigen!
Und seid nett zu ihr! Es ist wichtig, dass sie sich bei uns wohlfühlt!
Und vergesst nicht, den Wecker zu stellen!
Und packt eure Schulsachen vor dem Schlafengehen!
Und steht pünktlich auf!
Und frühstückt ordentlich!
Und vergesst eure Schulbrote nicht!«
Dann war Mama weg, und ich war sicher, dass sie auch noch im Auto Befehle vor sich hin murmelte. Wir kannten wirklich niemanden, der längere Befehlsreihen bilden konnte. Es war Moritz' Idee gewesen, Mama damit ins Guinness-Buch der Rekorde zu bringen. Er hatte sogar einen Brief an die Redaktion geschrieben. Aber die Guinness-Leute hatten abgelehnt. Dafür gäbe es keine Kategorie.

Wir durften noch fernsehen, hatte Mama erlaubt.
»Wie lange?«
»Bis Frau Wolkenstein da ist.«
»Und wenn dann gerade die spannendste Stelle kommt?«
»Das müsst ihr mit Frau Wolkenstein klären.«
Wir saßen im Schlafanzug vor dem Fernseher und kauten unsere Butterbrote.
Die »Salinos« liefen. Die »Salinos« waren Moritz' Lieblingsserie.
Kleine bunt getupfte Tierchen mit großen Augen und ganz hohen Stimmchen hüpften schnell über den Bildschirm und versuchten, ihr knallbuntes Kaugummiland vor dem schwarzen Ritter Lakritze zu retten, doch jeden Abend dachte sich der schwarze Ritter Lakritze neue Gemeinheiten aus, um die saublöden Salinos aufs Kreuz zu legen. Eigentlich waren die Salinos längst dem Untergang geweiht, aber sie wussten das noch nicht, und Moritz wusste es auch noch nicht, und deshalb fieberte er jeden Abend mit ihnen dem guten Ende entgegen.
Ich hätte ja lieber was anderes geguckt. Die »Trovatores« zum Beispiel, ein italienisches Privatdetektiv-Familienunternehmen, das trickreich die schwierigsten Fälle löste – in Echtzeit und ohne Schauspielerei. Oder »Lufthauch der Liebe«, eine Geschichte im Hotel, wo die armen Zim-

mermädchen sich immer in den reichen Juniorchef verliebten. Aber das war weder mit Moritz noch mit Mama zu machen.
Also blieb mir nichts anderes übrig, als den wuseligen bunt getupften Tierchen mit den hohen Stimmchen zuzusehen.
Und dann stand sie plötzlich im Wohnzimmer.
Ich weiß bis heute nicht, wie sie das gemacht hat. Sie war die Meisterin des Anschleichens, sie konnte völlig lautlos Türen öffnen und Fenster, und selbst quietschende Gartenpforten drehten sich bei ihr geräuschlos in den Angeln.
Gesine Wolkenstein stand im Wohnzimmer, gestützt auf ihren schwarzen Stock mit dem silbernen Knauf. In der anderen Hand hielt sie die große schwarze Handtasche mit dem altmodischen Knipsverschluss. Die silbergrauen Haare hatte sie im Nacken zu einem Knoten gebunden. Sie trug eine dunkelgrüne Hose und eine hellgrüne Strickjacke, die im Gegenlicht so flauschig aussah, als wäre sie aus den Flaumfedern der kleinen grünen Finkenvögel gestrickt, die in der Zoohandlung Peters in den Volieren herumflatterten. Ich überlegte, wie viele Grünfinken man wohl rupfen müsste, um so eine Jacke zu stricken.
Ihre geschnürten Schuhe hatten verschieden hohe

Absätze, auch dafür suchte ich eine Erklärung. Und ich schaute nach der Farbe ihrer Augen. Jetzt waren sie grün. Es war das gleiche Grün wie das der Strickjacke.
»Guten Abend, Kinder«, sagte Frau Wolkenstein. Ihre Stimme war dunkel und samtig.
Sie zeigte auf den Fernseher.
»Wer von Ochsen redet, träumt auch von Ochsen! Und wer von Ochsen träumt, wird es zu nichts bringen im Leben, nicht wahr?«
Sie streckte ihre Hand aus. Moritz sah zu ihr auf und reichte ihr dann freiwillig und mit strahlendem Lächeln die Fernbedienung.
»Aber das sind doch die ›Salinos‹! Die dürfen wir gucken! Das hat Mama erlaubt!«
Frau Wolkenstein drehte sich wie in Zeitlupe zu mir hin. Sie beugte sich langsam vor, bis sie mir gerade in die Augen blicken konnte.
»Willst du etwa von Ochsen träumen?«
»Nein«, hauchte ich.
»Hast du deine Schokolade gegessen?«
Ich schüttelte den Kopf.
»Das habe ich mir gedacht.«
Ihre Augen hatten jetzt die Farbe des Winterwassers vom Mühlenbach. Ein tiefes, undurchsichtiges Schwarz.

»Du solltest deine Schokolade essen. Sie würde dir beim Einschlafen helfen.«

»Ich brauche keine Einschlafhilfe.«

»Natürlich brauchst du eine Hilfe. Es ist nicht gut, die halbe Nacht wach zu liegen und auf eine Stimme zu warten!«

Ich zuckte zusammen. Woher wusste sie das? Woher wusste sie von Papas Stimme im Weltempfänger? Das war doch unser Geheimnis!

KAKAO MIT SAHNEHAUBE

Frau Wolkenstein stützte sich auf ihren Stock. »Kommt mit in die Küche, Kinder. Ich koche euch Kakao.«

Moritz lief wie ein Hündchen hinter ihr her. »O ja!«, rief er. »Kakao! Kakao! Ich liebe Kakao!«

Zögernd folgte ich den beiden.

Fünf Minuten später hielt ich meine Wolkentasse in beiden Händen. Die heiße Schokolade wurde durch eine kalte Sahnehaube abgekühlt, bevor sie meine Lippen erreichte. Ein Hauch von Zimt und Vanille stieg mir in die Nase, und unsere Küche roch plötzlich nicht mehr nach Sauerkraut vom Mittagessen.

Nein, unsere Küche roch jetzt so, wie die Luft hinter der großen Schokoladenfabrik am Zürcher See riecht. Dort, wo die silbernen Abluftrohre aus dem Beton wachsen und Tag und Nacht den Schokoladendampf ausleiten, der aus den riesigen Kesseln aufsteigt, in denen die Schokolade gekocht wird. Wir waren damals in den Ferien nach Italien gefahren, und Papa hatte auf dem Rückweg einen Umweg gemacht. Er hatte das Auto geparkt, uns hinter

die große Fabrik geführt, und wir durften uns vor die Rohre in den Schokoladendampf stellen. Danach hatten Moritz und ich tagelang nach Schokolade gerochen, und wahrscheinlich würden wir noch immer so riechen, wenn Mama nicht darauf bestanden hätte, dass wir in die Wanne gingen und uns gründlich wuschen.
Gesine Wolkensteins Kakao schmeckte so, dass plötzlich alle Erinnerungen an diese Reise wieder in meinem Kopf waren.
In Italien hatte jeden Tag die Sonne geschienen. In Italien war es warm gewesen, und der Himmel hatte diese tiefblaue Sommerfarbe gehabt. Die Mauersegler hatten srriiii srrriii geschrien und die Luft mit ihren Messerflügeln zerschnitten. In den blauen Lavendelfeldern hatten die Bienen gesummt, und wenn es dunkel wurde, zirpten die Zikaden.
Es hatte jede Menge Glühwürmchen gegeben, die Moritz und ich fingen und in ein altes Marmeladenglas warfen. In den Deckel hatte Papa feine Luftlöcher genagelt.
Unser Zeltplatz hatte in den Dünen gelegen, hinter denen das Meer anfing und nicht mehr aufhörte, bis es an den Himmel stieß. Morgens waren Moritz und ich ganz früh aus unserem Kinderzelt gekrochen, hatten dann eine Weile still im Sand gesessen und den Booten mit den

schneeweißen Segeln nachgeschaut, die schon unterwegs waren, um den nächsten Hafen anzulaufen. Neben uns raschelten die kleinen flinken Eidechsen im Strandhafer. Wenn wir uns nicht bewegten, kamen sie näher, um sich in der Sonne zu wärmen und uns dabei zu betrachten. Aber es war unmöglich gewesen, eine Eidechse zu fangen. Denn als wir sie festhalten wollten, hatte sie ihren Schwanz abgeworfen und war blitzschnell verschwunden.

»Keine Sorge, der wächst wieder nach«, hatte Papa gesagt, als er unsere entsetzten Gesichter sah. »Eidechsen sind nun mal freiheits liebende Geschöpfe.«

Es waren die schönsten Ferien der Welt gewesen. Wir aßen jeden Tag Spaghetti, und Mama und Papa hatten kein einziges Mal gestritten, nicht mal, als Papa eine Abkürzung in der Straßenkarte gefunden hatte und wir

plötzlich mit dem Auto vor einer Treppe standen, die steil nach unten führte. Die italienischen Leute beugten sich aus ihren weit geöffneten Fenstern und hörten gar nicht mehr auf zu lachen, und Mama hatte einfach mitgelacht.
Am Ende der Ferien aber, als wir traurig vom Abschiednehmen im Auto saßen und kein Wort mehr sprachen und kein Lied mehr mitsingen wollten, hatte Papa in den Rückspiegel geschaut. Er hatte unsere Blicke gefangen und gesagt: »Wartet nur ab, das Beste kommt immer zum Schluss!«
Er war von der Autobahn runtergefahren, und dann hatten Moritz und ich im Schokoladendampf gestanden hinter der großen Schokoladenfabrik am Zürcher See.

»Das Beste kommt immer zum Schluss, nicht wahr, Merle?« Frau Wolkenstein sah mich durchdringend an. Es war, als ob sie Gedanken lesen konnte!
Unter der Küchenlampe leuchteten ihre Augen jetzt hellblau, und mir lief ein Schauer über den Rücken.
Sie griff nach unseren leeren Tassen und stellte sie in den Spülstein.
»Und jetzt marsch, ab ins Badezimmer. Zähne putzen. Die Bettzeit kommt mit großen Schritten.«

BETTZEIT

Wir rochen nach Zahnpasta. Das war eigentlich immer das Schönste am Ins-Bett-Gehen. Es war so, als hätte man noch ein Extra-Nachtkaugummi bekommen, mit dem man sich in den Schlaf kauen konnte. Das hatte Papa gesagt und er hatte auch gesagt: »Ich liebe Kinder, die nach Zahnpasta riechen.«

Ich lag in meinem Bett, und ich hatte ihn noch nie so vermisst wie an diesem Abend.

»Warum magst du Frau Wolkenstein eigentlich nicht?«, fragte Moritz. »Die ist doch unheimlich nett!«

»Schon vergessen? Sie ist die Frau, der der schwarze Laden gehört, in dem Kinder verschwinden. Und ihre Augen wechseln die Farbe.«

»Aber sie kocht den weltbesten Kakao.«

»Und du bist ein Verräter.«

»Bin ich nicht!«

»Bist du wohl! ›Kakao! Kakao! Ich liebe Kakao!‹ Du bist ein ganz mieser Verräter! Ein Umfaller! Ein Einschleimer! Pass bloß auf, dass du auf deiner Schleimspur nicht ausrutschst und die Treppe runterfällst!«

»Das sag ich Mama!«

»Mach doch. Und eine Petze bist du auch.«

Moritz zog sich die Bettdecke über den Kopf.

Ich hörte Frau Wolkensteins schleppende Schritte im Flur, die langsam näher kamen. Dann klopfte sie an unsere Zimmertür.

Moritz schob die Bettdecke zurück und setzte ein strahlendes Lächeln auf.

»Herein.«

Frau Wolkenstein öffnete die Tür, zog die Nase kraus, schnupperte und sagte: »Ich liebe Kinder, die nach Zahnpasta riechen.«

Ich zuckte zusammen. Das durfte sie nicht sagen. Das war Papas Satz. Ich fühlte, wie ein schwarzer Kloß in meinem Hals wuchs, und auf meiner Zunge lag der bittere Geschmack der Wut.

»Aber, aber.«

Frau Wolkenstein hob beschwichtigend die Hände. »Wer wird denn so böse sein, und das gerade jetzt vor dem Einschlafen. Du solltest ruhiger werden, Schätzchen, viel ruhiger.«

Ich starrte sie an. Ihre Stimme klang sanft, aber ihre Augen funkelten giftgrün.

»Ich habe doch gar nichts gesagt.«

»Aber gedacht, Schätzchen, aber gedacht.«

»Und woher wissen Sie, was ich denke?«

»Das steht auf deiner Stirn geschrieben«, sagte Frau Wolkenstein. »Ich kann in deinem Gesicht lesen wie in einem offenen Buch.«

Ich warf Moritz einen hilfesuchenden Blick zu, aber er grinste nur blöde und schien nichts von dem zu hören, was Frau Wolkenstein zu mir sagte.

»Frau Wolkenstein ...« Moritz sprach mit seiner Bettelstimme. Er hörte sich ganz klein an, betonte jede Silbe und zog die Wörter lang. »Frau Wolkenstein, erzählst du uns noch eine Geschichte? Bitte!«

Sie strich Moritz übers Haar. So tätschelt man einen Hund, dachte ich.

»Natürlich erzähle ich keine Geschichte! Es ist spät. Ihr braucht euren Schlaf. Macht einfach die Augen zu, Moritz und Merle Neumann. Gute Nacht.«

Frau Wolkenstein legte ihre Hand auf die Klinke unserer Zimmertür. Sie drehte sich noch einmal zu uns um, und ich konnte ihre Augen sehen ... die leuchteten so gelb wie Mamas Bernsteinkette. Und dann überfiel mich eine bleierne Müdigkeit.

DIE TÜR

Ich wurde wach, weil der Weltempfänger rauschte. Ich wurde wach, weil Moritz auf meiner Bettkante saß. Ich wurde wach, weil irgendwas anders war.

Ich weiß bis heute nicht, warum ich wirklich wach geworden bin. Aber in meinem Kopf schrillte eine Alarmglocke.

Ich sah, dass ich den Weltempfänger umklammerte.

»Nicht loslassen«, flüsterte Moritz. »Papa will mit uns reden.«

Erst jetzt bemerkte ich, dass er zitterte.

»Was ist denn los?«

Moritz zeigte auf den Lichtspalt unter der Tür. Das Licht war nicht wie sonst. Das Licht flackerte, so als ob hinter der Tür eine Fackel brennen würde oder ein Feuer.

Bitte lass es kein Feuer sein, dachte ich.

»Du musst nachsehen«, flüsterte Moritz.

»Wenn es brennt, müssen wir sofort hier raus. Aber man darf keine Türen öffnen, weil das Feuer sonst weiter angefacht wird.«

»Es brennt nicht, Merle. Ich rieche keinen Rauch.«

Ich schnupperte. Tatsächlich. Moritz hatte recht. Es roch kein bisschen nach Rauch.
»Du musst nachsehen«, wiederholte er. »Weil … ich kann das nicht, ich hab Angst! Und die Tür sieht ganz anders aus als unsere Zimmertür.«
Moritz leuchtete mit der Nachttischlampe die Tür an.
Als ich einschlief, war sie weiß gewesen.
Diese Tür aber war schwarz. Sie war über und über mit Schnitzereien verziert, Blütenranken umrahmten ein

Vogelnest in der Mitte des Türblatts. Dort, wo sonst die Türklinke war, gab es einen goldenen Knauf. Auch schien die Tür viel größer zu sein als unsere Zimmertür, und oben über dem Vogelnest glänzte ein goldenes Schild.

»Leuchte mal, Moritz!«

Ich kletterte auf den Schreibtischstuhl. Moritz hielt die Lampe höher, und dann konnte ich lesen, was dort geschrieben stand. Es war nur ein einziges Wort, aber wir kannten es beide:

MURKELEI, las ich.

»Ich dachte immer, Papa hätte sich das nur ausgedacht«, sagte Moritz.

Ich war mir nicht sicher. Papa war der Weltmeister im Ausdenken. Deshalb hatte er ja auch auf jede Frage eine Antwort gewusst. Er hatte uns jedoch nie erzählt, wo die Murkelei zu finden war. Wenn wir ihn danach gefragt hatten, hatte er nur geheimnisvoll gelächelt und gesagt: »Das müsst ihr schon selbst herausfinden, ihr klugen Glückskinder.«

Ich kletterte vom Stuhl und nickte Moritz zu.

»Los, komm! Wir machen jetzt diese Tür auf!«

MURKELEI

AUF DER SCHWELLE

Mit der linken Hand umklammerte ich den rauschenden Weltempfänger, mit der rechten drehte ich den goldenen Türknauf. Nichts geschah. Die Tür blieb zu, und Moritz wich zurück.

»Die ist eingerostet! Lass uns einfach wieder ins Bett gehen. Bitte, Merle«, bettelte er.

»Feigling«, zischte ich. »Schon vergessen? Auf dem Schild steht Murkelei. Davon hat Papa doch immer erzählt. Ich will da hin.«

»Aber Papa hat auch erzählt, dass es in der Murkelei gefährlich ist und dass da wundersame Wesen leben, von denen wir nicht wissen, ob sie gut oder böse sind. Und von den Spitzzahntrollen hat er erzählt.«

Moritz' Stimme wurde weinerlich. »Ich will keinen Spitzzahntroll sehen.«

»Mensch, Moritz! Die Spitzzahntrolle hat Papa sich ausgedacht, weil er wollte, dass wir uns gruseln. Wenn die Murkelei hinter dieser Tür liegt, dann kann es dort nicht gefährlich sein. Papa hätte nie zugelassen, dass wir Wand an Wand mit Ungeheuern wohnen.«

Aber schon während ich das sagte, war ich mir nicht mehr sicher, ob es wirklich stimmte. Papa hatte ja so einiges zugelassen. Er hatte zugelassen, dass wir uns ohne ihn durchschlagen mussten. Er hatte zugelassen, dass Mama sich monatelang abends in den Schlaf weinte. Und wo immer er auch war, er hatte sogar zugelassen, dass Gesine Wolkenstein über unseren Schlaf wachen durfte.

»Mensch, Moritz, jetzt hilf mir doch mal!«

Wir stemmten uns gemeinsam gegen die Tür und tatsächlich: Sie gab nach. Sie gab nach und öffnete sich ganz langsam mit Ächzen und Quietschen, so wie sich Türen öffnen, die eine lange Zeit verschlossen waren.

Und eins war klar: Diese Tür war seit Ewigkeiten nicht geöffnet worden. Moritz und ich standen auf der Schwelle. Einen Herzschlag lang hätten wir noch zurückgekonnt, uns einfach umdrehen, ins warme Bett kriechen, die Decke über den Kopf ziehen und weiterschlafen.

Aber schon war dieser Augenblick vorbei, und unsere Augen weiteten sich, denn vor uns lag das Unglaubliche.

Das Unglaubliche hatte saphirblaue Wände, die mit kleinen goldenen Pfeilen verziert waren. Diese Pfeile bewegten sich unaufhörlich. Sie liefen über die blauen Wände so wie die rote Werbeschrift im Schaufenster vom Schuhgeschäft Pohling.

Ein moosgrüner, wolkenweicher Teppich führte ins Unendliche, und flackernde Kerzen malten Lichtmuster an die Decke. Der Gang, den wir betreten hatten, war so lang, dass wir das Ende nicht erkennen konnten. Er war so lang, dass es aussah, als würde er in der Ferne immer schmaler werden.

Nach jeweils zehn Schritten leuchtete eine schneeweiße Tür in der saphirblauen Wand. Die kleinen goldenen Pfeile sammelten sich dort, so als ob sie zeigen wollten, dass man eintreten dürfe.

Das Unglaubliche hatte uns die Sprache verschlagen.

Moritz hielt sich an meiner Hand und ich hielt mich am Weltempfänger fest.

Plötzlich hörte das Rauschen auf, und aus dem Lautsprecher kam klar und deutlich eine dunkelsamtige Stimme. Und die Stimme hörte sich fast so an wie die von Gesine Wolkenstein.

DIE SPITZZAHNTROLLE

»Willkommen in der Murkelei, Merle und Moritz Neumann«, sagte die Stimme. »Willkommen im Land der unbegrenzten Möglichkeiten. Hier findet jeder, was er sucht. Die Spitzzahntrolle werden euch begrüßen. Die Spitzzahntrolle lieben den Reim. Sie werden euch prüfen. Hört ihnen gut zu, seid freundlich und bescheiden und vor allen Dingen: Seid auf der Hut.«

Ich merkte, dass Moritz' Hand in meiner anfing zu zittern. Auf seiner Stirn hatten sich kleine Schweißperlen gebildet.

»Spitzzahntrolle«, flüsterte er. »Ich hab es gewusst! Spitzzahntrolle ...«

»Vielleicht sind sie doch freundlicher, als du denkst«, sagte ich.

Ganz hinten, wo der Gang am engsten war, machten wir kleine dunkle Punkte aus, die sich langsam, aber sicher auf uns zubewegten. Und dann hörten wir es. Ein leiser Gesang kleiner Stimmen, der immer lauter und deutlicher wurde. Das also waren die Spitzzahntrolle:

Wir sind die Spitzzahntrolle
im Dienste von Frau Wolle,
der Königin der Murkelei.
Sie rief uns Trolle jetzt herbei.
Im Dienste von Frau Wolle
sind wir die Spitzzahntrolle.

Wir sind die Spitzzahntrolle
im Dienste von Frau Wolle.
Sie schickte uns zwei Kinder her
und macht uns so das Leben schwer.
Im Dienste von Frau Wolle
sind wir die Spitzzahntrolle.«

Die Spitzzahntrolle standen jetzt genau vor Moritz und mir. Es waren fünfzehn puppenkleine Männlein. Sie hatten die Köpfe in den Nacken gelegt und musterten uns mit böse blitzenden Augen. Ihre Gesichter waren uralt und faltig, und ihre Mundwinkel hatten sie mürrisch nach unten gezogen.
»Guten Tag, ihr lieben Spitzzahntrolle«, hauchten Moritz und ich gleichzeitig und versuchten unser freundlichstes Gesicht zu machen.

»Wollt ihr freundlich sein,
sprecht zu uns im Reim.«

Der Anführer der Spitzzahntrolle hatte einen kleinen Ziegenbart und machte ein besonders mürrisches Gesicht. Er spuckte beim Sprechen so wie Herr Pohling, aber weil er so klein war, traf seine Spucke nur unsere Knie, und das war weniger eklig.
Ich sah Moritz an. Moritz sah mich an. In seinen Augen glitzerten Tränen.
»Ich kann nicht in Reimen sprechen! Kannst du das?«, flüsterte er. Ich schüttelte den Kopf. Es war, als ob etwas in das richtige Fach gefallen wäre, denn plötzlich wusste ich den Ausweg.

»Von drauß vom Walde!«, flüsterte ich Moritz ins Ohr. »Du hast doch für die letzte Adventsfeier das Ruprecht-Gedicht auswendig gelernt!«
Moritz starrte mich verständnislos an.
»Nun mach schon! Sag es auf!«, zischte ich. »Von drauß vom Walde komm ich her …«
Über Moritz' Gesicht lief ein strahlendes Begreifen. Hastig begann er das Gedicht aufzusagen:

»Von drauß vom Walde komm ich her;
ich muss euch sagen, es weihnachtet sehr!
Allüberall auf den Tannenspitzen
sah ich goldene Lichtlein sitzen.«

Ich drückte seinen Arm. »Langsamer, Moritz.«

»Und droben aus dem Himmelstor
sah mit großen Augen das Christkind hervor,
und wie ich so strolcht' durch den finstern Tann,
da rief's mich mit heller Stimme an:
›Knecht Ruprecht‹, rief es, ›alter Gesell,
hebe die Beine und spute dich schnell!
Die Kerzen fangen zu brennen an,
das Himmelstor ist aufgetan.‹«

Während mein Bruder mit schönster Stimme und ohne stecken zu bleiben das Ruprecht-Gedicht aufsagte, kamen die Spitzzahntrolle näher und näher. Ihre mürrischen Mienen hatten sich aufgehellt, die böse blitzenden Augen fingen an zu strahlen. Sie lächelten und zupften Moritz ganz vorsichtig am Hosenbein.

»Alt' und Junge sollen nun
von der Jagd des Lebens ruhn«,

sagte Moritz. Der Anführer der Spitzzahntrolle bewegte die Lippen und sprach jetzt lautlos mit.

»Und morgen flieg ich hinab zur Erden,
denn es soll wieder Weihnachten werden!
Ich sprach: ›O lieber Herre Christ,
meine Reise fast zu Ende ist;
ich soll nur noch in diese Stadt,
wo's eitel gute Kinder hat.‹
›Hast denn das Säcklein auch bei dir?‹
Ich sprach: ›Das Säcklein, das ist hier;
denn Äpfel, Nuss und Mandelkern
essen fromme Kinder gern.‹«

Der Anführer der Spitzzahntrolle hob den Arm und gab ein Zeichen. Moritz verstummte. Augenblicklich schwärmten die Spitzzahntrolle aus. Immer zu zweit liefen sie den langen blauen Gang entlang.Dann blickte der Anführer zu Moritz auf, lächelte und sagte:

»Ja, Äpfel, Nuss und Mandelkern
essen auch fromme Trolle gern.
Dein Lied war gut, dein Lied war fein,
das war ein wunderbarer Reim.
Seid meine Gäste! Ihr dürft bleiben!
Das Reimen wollen wir belohnen.
Wir werden euch die Wunder zeigen,
die hinter diesen Türen wohnen.«

Er streckte Moritz die Hand entgegen, und Moritz schlug ein. Irgendwie stand ich nur daneben. Aber ich war froh, dass mich der Spitzzahntroll nicht beachtete, denn auch wenn er lächelte, war und blieb er doch unheimlich, und ich wollte eigentlich nicht in seiner Nähe sein.

DER DUFT VON SCHOKOLADE

Die Spitzzahntrolle kamen hochbeladen zurück. Sie trugen Teller und Tassen und Schüsseln und Platten mit sämtlichen Leckereien, die man sich ausdenken kann. Und das Beste daran war: Alles, aber auch alles war aus Schokolade.

Es gab schwarze Schokoladentaler, weiße Schokoladenblättchen. Himbeerspieße mit Vollmilchschokoladenüberzug. Bananenschokolade. Karamellschokoladenplätzchen, Mandelschokolade, Nussschokolade. Schokoladeneis mit Sahne. Äpfel aus roter und grüner Schokolade, die so echt aussahen, als wären sie gerade gepflückt worden. Es gab leichte knusprige Luftschokolade und schwere Schokoladenkugeln mit Nougatcremefüllung. Es gab hellbraune Schokoladenhasen und dunkelbraune Schokoladenbären. In silbernen Kannen dampfte heiße Schokolade. Dunkle Schokoladenschüsseln waren mit schaumig geschlagener weißer Sahne gefüllt.

Der Anführer der Spitzzahntrolle schnippte mit den Fin-

gern, und die Trolle breiteten prächtige goldbestickte Decken auf dem moosgrünen Teppich aus. Darauf stellten sie die Köstlichkeiten ab. Sie legten große Kissen vor uns und warteten, dass wir Platz nahmen. Erst als wir saßen, ließen sich auch die Spitzzahntrolle nieder.
Ein feiner Schokoladenduft lag in der Luft, und leise Harfenklänge kamen von irgendwo her.

Der Anführer der Spitzzahntrolle räusperte sich und sagte dann mit bebender Stimme:

»Jetzt esst und trinkt die Schokolade.
Wenn etwas übrig blieb', wär's schade!
Wir sehen euch beim Essen zu,
dann hat die liebe Seele Ruh.«

Als Moritz gerade mit beiden Händen zugreifen wollte, durchzuckte mich ein Warngedanke. Der Warngedanke war rot und grell und laut.
»Brüderchen, iss nicht, sonst werden sie wilde Tiere und zerreißen dich!«, zischte ich.
Moritz schaute mich verständnislos an.
»Was ist denn jetzt schon wieder los?«
»Es ist eine Prüfung! Die Stimme aus dem Weltempfänger

hat das gesagt. Sie werden euch prüfen. Sie lieben bescheidene Kinder, hat die Stimme gesagt.«

»Und was sollen wir jetzt tun? Etwa gar nichts essen?«

»Nein, das wäre ja unhöflich. Wir müssen einfach nur bescheiden sein. Du weißt doch, wie das geht. Tu so, als wären wir bei Schulze-Bötels zu Besuch.«

Herr und Frau Schulze-Bötel waren früher unsere Nachbarn gewesen. Anstelle von Kindern hatten sie zwei Hunde. Die hießen Jenny und Jonny und waren echte Wadenbeißer. Wir hatten gelernt, einen großen Bogen um diese Hunde zu machen, denn sie bellten nicht und knurrten nicht, sondern schnappten gleich zu. Jenny und Jonny durften alles. Sie schliefen bei Schulze-Bötels im Ehebett, saßen auf Kinderstühlchen am Esstisch und fraßen Kalbsragout aus feinen Porzellanschälchen.

In den großen Ferien hatte Frau Schulze-Bötel uns immer einmal zum Grillen eingeladen, denn erstens konnte sie so beweisen, wie kinderlieb sie im Grunde ihres Herzens war, und zweitens war das die beste Gelegenheit, uns auszufragen.

Egal, wie schön das Wetter war, es war jedes Mal der allerschrecklichste Nachmittag des Sommers gewesen. Wir hatten im Garten auf Schulze-Bötels neuem Rattan-Sofa gesessen, mussten die peinlichen Fragen von Frau

Schulze-Bötel beantworten und durften uns nicht bewegen, denn Jenny und Jonny bewachten uns. Sie saßen reglos vor Moritz und mir und fixierten uns die ganze Zeit mit ihren bösen bernsteingelben Augen.

»Und haltet euch zurück«, hatte Mama uns eingeschärft. »Satt essen könnt ihr euch zu Hause. Ein Würstchen reicht und ein Glas Limonade. Sonst denken die Schulze-Bötels noch, ihr wärt unbescheidene Kinder«, hatte Mama gesagt.

»Also gut«, seufzte Moritz. »Spielen wir die Schulze-Bötel-Nummer! Aber nur dir zuliebe.«

Wir nahmen jeder ein Karamellschokoladenbonbon, führten es mit gespreizten Fingern zum Mund und lutschten ganz lange und vorsichtig darauf herum.
Zuerst knurrten die Spitzzahntrolle nur unzufrieden vor sich hin, dann aber begannen sie uns wütend anzufeuern:

»Nicht vergessen, ihr sollt essen!
Alle Kinder sind verfressen!
Ihr sollt essen, nicht vergessen!
Volle Teller! Schneller, schneller!
Schade um die Schokolade!
Schade um die Schokolade!«

Wir sahen uns an und wussten beide: Irgendwas hier war oberfaul!

DER ANGRIFF

Ich kramte im Kopf in meinem Märchenwissen rum. Gott sei Dank hatte uns Papa ja fast alle Märchen erzählt, bevor er verschwunden war. Aber so eine Sache war nie vorgekommen. Gut, es hatte böse Zwerge gegeben, aber böse Zwerge, die Schokolade mitbrachten und dann sauer wurden, wenn man bescheiden war ... kein einziges Märchen hatte von so was berichtet.

Ich fragte mich, warum die Spitzzahntrolle plötzlich so wütend wurden. Wahrscheinlich, weil irgendwas an ihrem Plan nicht aufging. Und sie hatten einen Plan, so viel war sicher.

Der Plan war, wir sollten sehr viel Schokolade essen. Aber warum? Weil alle Kinder verfressen waren? Blödsinn! Was konnte denn passieren, wenn wir ganz viel Schokolade essen würden?

Zoe Sodenkamp würde antworten: Pickel würdest du kriegen! Fett würdest du werden! Zoe Sodenkamp fürchtete nämlich nichts mehr auf der Welt, als fett zu werden und Pickel zu kriegen. Wahrscheinlich, weil sie fett nicht mehr in ihre winzige Wohnung passen würde.

Egal, das erklärte nichts. Es musste etwas anderes sein, das mit uns geschehen sollte ...

Ich lutschte immer noch vorsichtig mein erstes Stück Karamellschokolade und grübelte weiter, während die Spitzzahntrolle immer lauter brüllten.

»Alle Kinder sind verfressen!
Ihr müsst Schokolade essen!
Schokolade ist gesund,
steckt sie einfach in den Mund!«

Moritz griff zum zweiten Mal in die Schokoladenschüssel und nahm drei Stücke weißer Luftschokolade auf einmal. Ich beobachtete, wie er mit vollen Backen kaute. Die Luftschokolade knisterte leise, und dann sah ich es: Moritz' Ohren veränderten sich.

Sie änderten ihre Form. Die Ohrmuschel war plötzlich nicht mehr oval. Am oberen Rand des Ohrs bildete sich eine Spitze wie bei Katzen. Die Spitze begann zu wachsen. Sie schob sich in die Höhe. Meinem Bruder wuchsen Eselsohren! Oder waren das etwa Spitzzahntrollohren?

Ja, es waren tatsächlich Spitzzahntrollohren!

Jetzt endlich wusste ich, was der Plan war. Die Schokolade sollte uns in Spitzzahntrolle verwandeln.

Ich handelte blitzschnell. Ich nahm Moritz in den Schwitzkasten. Er strampelte mit den Beinen, aber sein Kopf klemmte in meiner linken Achselhöhle. Mit der rechten Hand sperrte ich seinen Mund auf, schob zwei Finger in die Mundhöhle und pulte die Reste der weißen Luftschokolade aus Moritz' Backentaschen.

Die Spitzzahntrolle heulten jetzt laut. Mit wutverzerrten Gesichtern wollten sie sich auf uns stürzen. In den Händen hielten sie plötzlich kleine scharfe Schwerter aus Zartbitterschokolade.

Ich sprang auf und riss Moritz mit hoch.

»Weg hier!«, keuchte ich.

Moritz hing wie ein schwerer Sack in meinem Arm. Ich musste ihn mitschleifen. Wir stolperten über den wolkenweichen Teppichboden Richtung Eingangstür. Die goldenen Pfeile hatten sich von den saphirblauen Wänden gelöst und flogen uns wie vom Wind getriebene Schneeflocken ins Gesicht. Es war, als ob eine finstere Macht verhindern wollte, dass wir die rettende Tür erreichten. Ich kämpfte mich vorwärts. Die Spitzzahntrolle hatten aufgeholt. Mit ihren Schokoladenschwertern pikten sie mir in die Waden. Es fühlte sich an, als würde ich durch ein Distelfeld laufen.

Mit letzter Kraft erreichte ich die Tür, die sich jetzt wie von selbst öffnete. Ich schob Moritz über die Schwelle. Mit einem lauten Donnerschlag fiel die Tür hinter uns ins Schloss.

Tief atmete ich durch. Die Murkelei hatte uns ausgespuckt.

KEIN TRAUM

Alles war wie immer. Die schwarze Tür zur Murkelei war verschwunden.
Ich lag in meinem Bett und starrte auf die weiße Zimmertür. Unsere Stundenpläne hingen untereinander am Türblatt. Der Aufkleber von Papas Radiosender klebte oberhalb der Türklinke, daneben flog die weiße Friedenstaube auf blauem Grund, die Zoe Sodenkamp mir zum Geburtstag geschenkt hatte. An der Klinke hing das Ballnetz mit Moritz' Basketball. Der Wecker zeigte vier Uhr zweiunddreißig.

Die ersten Sonnenstrahlen schoben sich durch die Ritzen der Rollläden und ließen die Staubkörnchen vor meinen Augen tanzen. Ich lauschte auf Moritz' Schlafatem. Er schlief tief und fest und schnurbelte dabei leise vor sich hin. Mein Blick fiel auf seine Ohren. Die Ohrmuscheln waren rund und klein und sahen völlig normal aus.
Was man so alles träumen kann, dachte ich und schüttelte in Gedanken den Kopf. Spitzzahntrolle, die in Reimen sprechen! So ein Blödsinn! Eine Tür zur Murkelei hier in unserem Kinderzimmer! So ein Riesenquatsch!
Meine Beine taten weh. Ich setzte mich auf, strich mit der Hand vorsichtig über die Wade und fühlte lauter kleine, frische Narben. Ich zog die Hand zurück. An meinen Fingern klebte Blut.
Ich sprang auf und weckte meinen Bruder.
»Moritz! Guck mal, Moritz! Das haben die Spitzzahntrolle mit ihren Schokoladenschwertern gemacht!«
Moritz sah mich mit einem Blick von ganz weit her an. Er kam aus dem Tieftraumland, und ich wusste, er verstand noch nicht, was ich sagte. Und wie sollte er auch verstehen? Schließlich war das mein Traum gewesen, mein Abenteuer, meine Murkelei. Aber ich irrte mich gewaltig.
Moritz verzog das Gesicht. Es sah aus, als wolle er losheulen. Dann zeigte er auf seine Beine.

Die Waden meines Bruders waren ebenfalls mit Einstichen übersät, es sah aus, als hätte jemand mit einer Stecknadel wieder und wieder zugestochen.
»Mich haben sie auch erwischt«, flüsterte er heiser. »Und es tut höllisch weh.«
»Dann hast du auch von den Spitzzahntrollen geträumt?«
»Das war kein Traum. Guck dir doch unsere Beine an. Sie haben in Reimen geredet. Der Anführer hat beim Sprechen gespuckt. Ich wollte ihre Schokolade essen, aber du hast sie mir aus dem Mund gezogen. Dann sind sie sauer geworden und haben ihre Schokoladenschwerter gezückt. Danach weiß ich nichts mehr!« Moritz überlegte.
»Es war unglaublich! Der Gang war dunkelblau und endlos, der Teppich moosgrün und wolkenweich. Es gab weiße Türen und goldene Pfeile. Die goldenen Pfeile liefen über die blauen Wände, so wie die rote Werbeschrift im Schaufenster vom Schuhgeschäft Pohling.«
Alles, was Moritz beschrieb, war so, wie auch ich es gesehen hatte.
»Erinnerst du dich an die Stimme aus dem Weltempfänger?«, fragte Moritz. »Die hat wie die Stimme von Frau Wolkenstein geklungen!«
Ich nickte. »Vielleicht können wir den Sender noch mal finden!«

Die Idee war nicht schlecht. Ich ging zum Bett, um den Weltempfänger zu holen. Ich hob das Kopfkissen hoch. Aber da war kein Weltempfänger. Ich warf die Bettdecke auf den Boden. Da war kein Weltempfänger. Ich rückte das Bett vor. Es konnte ja sein, dass er in die Ritze zwischen Matratze und Wand gerutscht war. Nichts. Der Weltempfänger war verschwunden. Ich fühlte, wie die Panik in mir hochstieg. Moritz und ich legten uns bäuchlings auf den Fußboden. Wir drehten die Köpfe in alle Richtungen. Kein Weltempfänger weit und breit.

Mir stiegen die Tränen in die Augen. Moritz nahm meine Hand.

»Wir haben ihn verloren«, flüsterte ich. »Unser Weltempfänger ist in der Murkelei.«

DER WELTEMPFÄNGER

Draußen im Flur hörten wir die schlurfenden Schritte von Frau Wolkenstein. Wir sprangen auf. Es klopfte kurz, dann stand sie im Zimmer. Heute trug sie eine dottergelbe Strickjacke, die so flauschig war, dass man meinen konnte, sie wäre aus den Flaumfedern der Eintagsküken gestrickt worden, die in Sebastian Schneemilchs Küche in einer Kiste unter der Wärmelampe hockten.

»Guten Morgen, Kinder.«

»Guten Morgen, Frau Wolkenstein«, echoten Moritz und ich.

Frau Wolkenstein zog mit einem lauten Ratsch die Rollläden hoch.

Die Sonne flutete den Raum.

Es war mir unmöglich, im gleißenden Licht ihre Augenfarbe zu erkennen.

»Beeilt euch«, sagte Frau Wolkenstein. »Die heiße Schokolade dampft schon.«

Sie verließ das Zimmer und zog die Tür völlig geräuschlos hinter sich zu.

Ich hatte das Gefühl, es würde kein guter Tag werden.

Egal, wie viele Tassen heiße Schokolade in der Küche vor sich hin dampften. Der Weltempfänger war weg und damit die einzige Verbindung zu Papa, die uns geblieben war.

»Stein oder Feder?«, fragte Moritz.

»Stein«, sagte ich.

Moritz nickte.

Früher hatte Papa fast jeden Morgen mit uns das Stein-oder-Feder-Spiel gespielt.

Während Mama schnell im Stehen ihren Kaffee trank, um dann zur Klinik zu hasten, hatten wir mit ihm am Küchentisch gesessen und gemütlich gefrühstückt und Papa hatte nach Nachtdienst gerochen, nach Kaffee und Traubenzucker und Zigarettenrauch.

»Also, ihr Glückskinder, was für ein Tag wird es heute wohl werden?«

Er schnitt eine Grimasse, fuchtelte mit den Händen und zog eine Flaumfeder aus meinem Ohr.

»Mensch, Merle, das muss aber gekitzelt haben. Wie konntest du denn mit einer Feder im Ohr schlafen?«

Moritz gluckste vor Lachen.

»Na warte, Moritz Neumann. Jetzt bist du dran.«

Papa hatte blitzschnell in Moritz' Nacken gegriffen und hielt einen glatten schwarzen Stein in der Hand.

»Also, dass meinem Sohn jetzt schon die Steine aus dem Kopf wachsen. Wie willst du denn mit Steinen im Gehirn das Rechnen lernen?«
Er hatte den Stein neben die Feder auf den Küchentisch gelegt. »So, ihr Lieben, jetzt müsst ihr euch entscheiden. Wie wird der Tag? Stein oder Feder?«
Damals mussten wir nicht lange nachdenken, damals waren alle Tage Federtage gewesen, und das Glück war ein Schmetterling mit dem Namen Pfauenauge. Es hatte sich auf unsere Schulter gesetzt und blieb bei uns.

Die Küche duftete nach Schokolade und Vanille. Auf unsere Teller hatte Frau Wolkenstein zwei kleine blaugrün schillernde Federn gelegt.
»Was sind das für Federn?«, fragte Moritz.
»Eisvogelfedern«, antwortete Frau Wolkenstein. »Die sind sehr selten und deshalb höchst wirksam. Ihr solltet sie einstecken und nicht verlieren!«
»Wogegen wirken sie denn?«, fragte Moritz.
»Gegen so manches!«
Frau Wolkenstein setzte sich ächzend auf Papas Stuhl.
Das Sonnenfenster war jetzt hinter ihr, sodass sie im Gegenlicht wie ein Schatten aussah, und dieser Schatten hatte genau den Umriss von Papa.

Moritz schien das nicht zu merken, er untersuchte sorgfältig seine blaugrün schillernde Eisvogelfeder. »Also, wogegen hilft die Feder jetzt?«
»Sie hilft gegen verlorene Weltempfänger und sie hilft gegen Steintage«, sagte Frau Wolkenstein.
Aber das war nicht ihre Stimme, die das sagte. Ich hörte Papas Stimme.
»Und was Steintage sind, muss ich euch ja nicht erklären, oder, Merle?«
Ich starrte mit offenem Mund auf den Schatten, der mir gegenübersaß. Der Sekundenzeiger der Küchenuhr bewegte sich nicht. Die Zeit war stehen geblieben.

FEDERZEIT UND MÜCKENSTICHE

Als ich Mamas Schlüsselbund klimpern hörte, sprang der Sekundenzeiger weiter. Eine Wolke hatte sich vor die Sonne geschoben. Frau Wolkenstein war wieder Frau Wolkenstein. Ich konnte jetzt sogar die Farbe ihrer Augen erkennen. Die Farbe war Grün. Ein ganz normales Grün.

Ich steckte die Eisvogelfeder schnell in meine Jackentasche, denn irgendwie war es klar, dass Mama diese Feder nicht sehen durfte. Die Eisvogelfeder war das erste Geheimnis, das wir mit Frau Wolkenstein teilten.

Als Mama die Küche betrat, flogen Moritz und ich ihr in die Arme.

»Langsam, langsam«, lachte Mama. »Ich war doch nur eine Nacht weg, ihr Lieben.«

Sie hielt uns im Arm und streichelte unsere Rücken, und wir vergruben unsere Nasen in ihrem T-Shirt und rochen den Mama-Geruch.

»Guten Morgen, Frau Wolkenstein«, sagte Mama und schob uns zur Seite. »Gab es besondere Vorkommnisse?«

Moritz und ich sahen uns an.

»Das wäre ja noch schöner«, antwortete Gesine Wolkenstein. »Die Kinder brauchen ihren Schlaf, sonst wachsen sie nicht! Und ich glaube, die beiden müssen jetzt schnell zur Schule. Höchste Zeit, nicht wahr?«
Sie hielt uns die Butterbrotdosen hin. Wir reichten Frau Wolkenstein artig die Hand und verabschiedeten uns so wohlerzogen, dass Mama erstaunt die Augenbrauen hob, dann wollten wir die Küche verlassen. Aber Mamas Aufschrei hielt uns zurück.
»Um Himmels willen! Wie sehen denn eure Beine aus! Das ist ja schrecklich! Wie habt ihr das denn gemacht?«
Frau Wolkenstein schob ihre Goldrandbrille zurecht und beugte sich hinab, um die kleinen roten Einstiche an unseren Waden näher zu untersuchen.
»Kriebelmücken«, sagte sie. »Das sind eindeutig Kriebelmückenstiche. Obwohl ich zugeben muss, in einer solchen Anzahl habe ich sie selten gesehen. Aber das kann passieren, wenn man bei offenem Fenster schläft und sehr süßes Blut hat.« Sie machte ihre große Handtasche auf und begann darin zu wühlen. »Wartet mal kurz.«
Mama hatte sich auf einen Küchenstuhl fallen lassen und wischte den Schweiß von der Stirn. Sie war kreidebleich geworden. Immer wenn wir uns verletzten, wurde Mama kreidebleich.

»Das geht mir nur bei euch so«, hatte sie erklärt. »Das kommt vom Mitleid.«
»Na, Gott sei Dank«, hatte Moritz gesagt. »Sonst wärst du arbeitslos. Ärzte, die kein Blut sehen können, sind immer arbeitslos.«
Frau Wolkenstein hatte gefunden, was sie suchte. Es war ein kleines braunes Apothekerfläschchen. Sie schraubte den Deckel ab und träufelte eine gelbe Flüssigkeit in ihre Hand. Schnell verrieb sie die Flüssigkeit mit der anderen Hand und massierte dann unsere Waden. Nach ein paar Sekunden waren die Wunden verschwunden.

»Donnerwetter!«, staunte Mama. »Was ist das denn für ein Mittel?«
»Nichts Besonderes«, antwortete Frau Wolkenstein. »Nur eine homöopathische Tinktur, ich kann Ihnen das Fläschchen hierlassen.«

Moritz und ich zogen die Haustür hinter uns zu und liefen schnell Richtung Sperbergasse. Vorbei am blauen Haus, vorbei am gelben Haus, vorbei am roten Haus, vorbei an Tozzis grünem Eisentor, wo Tozzis Dackel kläffte und wütend hochsprang und mit den Krallen dieses Krietschgeräusch machte, und dann vorbei am schwarzen Laden von Gesine Wolkenstein ...
Aber diesmal hielten wir die Luft nicht an, wir fassten uns auch nicht an den Händen und machten uns nicht unsichtbar. Wir gingen sogar etwas langsamer, drehten die Köpfe zur Seite und versuchten, einen Blick durch das blinde Schaufenster ins Ladeninnere zu werfen. Der Raum war sehr dunkel, aber dennoch war zu erkennen, dass dort eine Theke stand. So eine altmodische Verkaufstheke wie in den alten Läden von früher. Auf der Verkaufstheke stand eine Registrierkasse mit silbernen Zahlenknöpfen, und auch die Kasse war aus einer anderen Zeit gefallen.

ZOES NEUGIER

Zoe Sodenkamp wartete am Rathausplatz auf uns. Sie hakte sich bei mir ein und platzte fast vor Neugier.

»Erzähl, wer ist eure neue Nachtfrau? Ist sie nett? Dürft ihr jetzt länger fernsehen? Also, meine Babysitterin hat mir früher alles erlaubt. Fernsehen, bis der Arzt kommt und so. Dann konnte sie nämlich ungestört mit ihrem Freund telefonieren. Ist eure auch so? Wie heißt sie denn? Nun sag schon!«

»Woher weißt du eigentlich von unserer Nachtfrau?«

Ich konnte mich nicht erinnern, mit Zoe darüber gesprochen zu haben.

»Meine Mutter hat gesehen, dass euer Zettel nicht mehr im Supermarkt hängt. Jetzt erzähl doch endlich«, drängte Zoe.

Ich sah zu Moritz rüber. Er verdrehte die Augen, zog eine Grimasse und hielt den Daumen hoch.

»Du willst also wirklich ihren Namen wissen, und du schwörst, dass du nichts verrätst? Zu keinem ein Wort?«

»Ja doch, nun mach's nicht so spannend!«

»Sie heißt Gesine Wolkenstein«, sagte ich.

Zoe ließ meinen Arm los und schlug sich die Hand vor den Mund.

»Ist es die Gesine Wolkenstein? Die mit dem schwarzen Laden, der Kinder verschluckt?«

Moritz und ich nickten.

»Gesine Wolkenstein«, hauchte Zoe. »Eure Mutter muss wahnsinnig sein, euch mit Gesine Wolkenstein die ganze Nacht allein zu lassen!«

IN GEFAHR UND GRÖSSTER NOT …

In der großen Pause wusste es bereits die ganze Schule, denn Zoe Sodenkamp hatte nicht eine Sekunde gezögert, ihren Schwur zu brechen.
Sie standen in Grüppchen beieinander, tuschelten, und wenn Moritz oder ich in ihre Nähe kamen, brachen ihre Gespräche ab, und ein ungutes Schweigen hing über ihren Köpfen.
Die Erstklässler liefen schnell weg, wenn sie uns sahen. Die Größeren wichen nur zurück. Es war, als würde sich eine Gasse auftun. Sie hielten Abstand, denn sie glaubten, es könne etwas von der Hexenkunst, die man Gesine Wolkenstein zuschrieb, auf uns abgefärbt haben.
Moritz schien das alles zu genießen. Wenn ihm die Erstklässler begegneten, zog er eine Grimasse, murmelte irgendein Kauderwelsch vor sich hin und freute sich riesig, wenn die Kleinen schreiend davonliefen. Bei den Großen machte es ihm noch mehr Spaß. Die, die ihn gestern noch weggeschubst hatten, machten jetzt freiwillig Platz, wenn er an ihnen vorbei zum Klassenraum wollte.

Mir gefiel die Sache überhaupt nicht, denn nicht einmal Zoe Sodenkamp wollte mehr neben mir sitzen. Sie hatte bei Frau Padberg einen neuen Sitzplatz beantragt, war aber vertröstet worden.

»In zwei Wochen werden die Plätze neu verteilt, Zoe. Solange wirst du es neben Merle aushalten.«

Sie hatte eine Mauer aus Schulbüchern, Butterbrotdose und Milchtüte in die Mitte unserer Schulbank gebaut. Die Mauer war so hoch, dass Zoe Sodenkamps Kopf dahinter verschwand.

Sebastian Schneemilch war der Einzige in meiner Klasse, den das »Geschwätz« über Gesine Wolkenstein nicht interessierte.

Er kam wie jeden Tag zu Beginn der großen Pause und fragte, ob wir Brote tauschen könnten.

Sebastian Schneemilchs Vater war Metzger, und deshalb hatte er immer Brote dabei, die dick mit Wurst belegt waren. Und das, obwohl Sebastian Schneemilch keine Wurst mochte.

Ich tauschte gern mit ihm, denn meistens hatte ich Käsebrote mit gesunden Gurkenscheibchen dabei.

Als ich meine Brotdose öffnete, lag ein gefalteter Zettel auf dem Käsebrot. Ich steckte den Zettel schnell in mein Aufgabenheft und tauschte mit Sebastian die Brote.

Als er weg war, zog ich den Zettel wieder heraus.
In einer altmodischen Schnörkelschrift stand mein Name auf dem Papier. Mit zitternden Händen faltete ich den Zettel auseinander und las:

REGELN FÜR DIE MURKELEI

1. niemals einem Troll vertrauen
2. bei Gefahr nach hinten schauen.
3. folge stets dem Waisenfuchs,
   er hat Ohren wie ein Luchs.
4. Wenn der Weltempfänger spricht,
   hör gut zu und schwätze nicht.
5. In Gefahr und größter Not
   bringt der Mittelweg den Tod!

Liebes Merlekind ... ☞ ☞ ☞

Das war wirklich unheimlich, denn Gesine Wolkenstein konnte doch gar nicht wissen, was in der letzten Nacht geschehen war. Sie hatte selbst gesagt, dass uns die Kriebelmücken gestochen hätten. Von Spitzzahntrollen war keine Rede gewesen, geschweige denn von der Murkelei. Nicht einmal Mama kannte die Murkelei. Das war eine Sache zwischen Papa und uns gewesen.

Regeln für die Murkelei:

1. niemals einem Troll vertrauen
2. bei Gefahr nach hinten schauen.
3. folge stets dem Waisenfuchs,
   er hat Ohren wie ein Luchs.
4. Wenn der Weltempfänger spricht,
   hör gut zu und schwätze nicht.
5. In Gefahr und größter Not,
   bringt der Mittelweg den Tod!

Liebes Merlekind
du wirst heute Nacht zum Zweiten Mal die Murkelei betreten, denn du musst den Weltempfänger finden. Ich weiß, du bist ein kluges Kind. Noch klüger bist du aber, wenn du diese Regeln beherzigst. Pass gut auf deinen kleinen Bruder auf. Er ist noch dumm und handelt unüberlegt. Du musst für ihn mitdenken. Und merke dir, die wichtigste Regel heißt: In Gefahr und größter Not bringt der Mittelweg den Tod!

Gesine Wolkenstein

»Du mit deinen Spinngeschichten!«, hatte Mama immer gesagt. Sie hatte die Nase gerümpft und das Zimmer verlassen, wenn Papa erzählte. Und »Merlekind« war auch ein Papa-Wort. Niemand sonst hatte mich je so genannt.
Woher kannte Frau Wolkenstein diese Wörter? Wieso wusste sie von unseren Geheimnissen? Und was meinte sie mit dem Satz: In Gefahr und größter Not bringt der Mittelweg den Tod?
Ich saß hinter Zoe Sodenkamps Mauer und schüttelte den Kopf. Aber wie sehr ich ihn auch schüttelte, diesmal fiel nichts an den richtigen Platz. Ich konnte das Rätsel nicht lösen.
Ich las den Zettel wieder und wieder, bis ich die Regeln auswendig wusste. Die Buchstaben fingen an zu flimmern, und ich schloss die Augen, um einen Moment auszuruhen. Als ich die Augen wieder öffnete, lag vor mir ein weißes Blatt Papier. Die Buchstaben waren verschwunden …

EISVOGELFEDERN

Wenn Papa nicht weggegangen wäre …
Wenn Mama nicht Spätschicht arbeiten müsste …
Wenn Gesine Wolkenstein nicht unsere Nachtfrau geworden wäre … Wenn ich den Weltempfänger nicht verloren hätte … dann …
Ja, dann hätten wir nie im Leben ein zweites Mal die große schwarze Tür zur Murkelei geöffnet.

Der Abend hatte genauso wie der vorherige Abend angefangen. Wir hatten im Schlafanzug vor dem Fernseher gesessen und unsere Butterbrote gekaut, während die kulleräugigen Salinos das Kaugummiland verteidigten. Frau Wolkenstein hatte plötzlich neben uns gestanden, die Fernbedienung in der Hand gehalten und den Aus-Knopf gedrückt. Sie hatte diesmal eine lachsfarbene Strickjacke an, die so flauschig aussah, als wäre sie aus den Brustflaumfedern der Flamingos gestrickt worden, die am Eingang des Zoos um einen Tümpel herumstanden. Ihre Augenfarbe war heute Abend Dunkelgrün, so wie das Wasser des Flamingotümpels.

»Hat die Eisvogelfeder geholfen?«, fragte Frau Wolkenstein auf dem Weg zur Küche und sah mich dabei durchdringend an. Ich zuckte zusammen. Die Eisvogelfeder hatte ich völlig vergessen.
»Dachte ich's mir doch«, sagte Frau Wolkenstein spitz. »Wenn man die Helfer vergisst, dann können sie nicht helfen. Wenn man die Helfer vergisst, dann werden sie unsichtbar und wirkungslos. Merk dir das, Merle.«
»Aber ich habe meine Feder nicht vergessen«, rief Moritz. »Und sie hat geholfen. Keiner hat mich angerempelt, niemand hat mich geschubst. Alle haben Platz gemacht.« Er strahlte.
Frau Wolkenstein lächelte und strich ihm schnell übers Haar.
»Am besten, ihr nehmt heute die Eisvogelfedern mit ins Bett«, sagte sie. »Auch du, Merle.«
In der Küche wartete die heiße Schokolade mit der kühlen Sahnehaube auf uns. Sie schmeckte heute noch besser als gestern. Sie schmeckte nach Trost und Zuversicht. Sie schmeckte nach Papa und nach Sonne und Schnee.
Und nachdem Frau Wolkenstein uns eine gute Nacht gewünscht hatte, waren Moritz und ich augenblicklich eingeschlafen, obwohl ich wusste, dass diese Nacht bestimmt nicht gut werden würde.

SCHARLACHROT

Mitten in der Nacht weckte mich ein leises Rascheln. Ich hatte das Gefühl, etwas Kleines huschte durchs Zimmer. Ich glaubte, ein leises Fiepen zu hören, dann huschte es wieder, dann wisperte es. Ich konnte nicht verstehen, was es wisperte. Ich hielt die Eisvogelfeder fest in der Hand und setzte mich auf.

Jetzt war es still. Kein Rascheln, kein Fiepen, kein Wispern, kein Huschen. Nur der gleichmäßige Schlafatem von Moritz. Sonst nichts.

Ich wunderte mich nicht, dass die schwarze Tür wieder da war. Ich hatte damit gerechnet. Mein Blick fiel auf das Messingschild. MURKELEI, las ich.

Das Licht der Straßenlaterne malte ein Gardinenmuster auf die Wand. Irgendwo weit weg rief eine Eule. Ich stand auf, durchquerte das Zimmer und setzte mich auf Moritz' Bettkante. Ich streichelte seine Wange.

»He, Moritz, aufwachen«, flüsterte ich. »Aufwachen. Wir müssen los.«

Er schlug die Augen auf und sah mich schlaftrunken an. »Jetzt schon?«

»Ja, jetzt schon! Es wird Zeit!«

»Und wenn ich Angst habe?«

»Wir müssen mutig sein! Hast du die Eisvogelfeder?«

»In meiner Hand!«

»Dann komm!«

Durch die Ritze der großen schwarzen Tür fiel ein gleißender Lichtstreif auf unseren Holzfußboden. Das Licht war golden, das Licht war warm und einladend.

Moritz und ich standen Hand in Hand vor der Tür zur Murkelei. Es war, als hätte die Murkelei auf uns gewartet. Denn als ich den goldenen Türknauf anfasste, öffnete sich die Tür wie von Zauberhand.

Es verschlug uns den Atem. Das Unglaubliche war heute noch unglaublicher als gestern. Die Wände des Flurs waren nicht mehr saphirblau, sie waren jetzt scharlachrot. Und aus den goldenen Pfeilen waren goldene Salamander geworden. Die goldenen Salamander huschten unentwegt über die scharlachroten Wände, so als würden sie zu einer Musik tanzen, die wir nicht hören konnten.

»Die Spitzzahntrolle müssen den ganzen Tag gestrichen haben«, flüsterte Moritz. Ich berührte die Wand. Sie war trocken. »Vielleicht ist das ein anderer Gang.«

»Unmöglich«, sagte Moritz. »Wir sind durch dieselbe Tür hereingekommen.«

Ich musste plötzlich an den Theaterbesuch mit Papa denken. Im Theater hatte es eine Drehbühne gegeben. Die Drehbühne war eine große runde Scheibe mit verschiedenen Zimmern gewesen. Es hatte sogar einen Wald auf der Drehbühne gegeben. Die Schauspieler waren von einem Zimmer ins nächste gegangen und hatten zum Schluss im Wald ein großes Fest gefeiert, und das konnten sie nur tun, weil die Bühne sich drehte.

Vielleicht ist die Murkelei auch eine Drehbühne, dachte ich. Vielleicht hat sich die Murkelei über Tag ein Viertel weitergedreht, und deshalb sind wir jetzt im roten Flur.

Der wolkenweiche grüne Teppich führte wie gestern ins Unendliche, und die weißen Türen leuchteten hell in den scharlachroten Wänden.

Aber wo waren die Spitzzahntrolle?

Sosehr wir auch die Hälse reckten, am Ende des Flurs bewegte sich nichts. Keine kleinen Punkte waren auszumachen, kein leiser Gesang, der langsam lauter wurde.

»Wir müssen die Spitzzahntrolle finden«, sagte Moritz. »Wir brauchen sie. Sie wissen, wo der Weltempfänger ist.«

Wir hielten uns an den Händen und liefen den Flur hinunter.

Die Kerzen, an denen wir vorbeikamen, flackerten, aber

wir schienen nicht vorwärtszukommen. Die Unendlichkeit hatte kein Ende, und ich hatte vergessen, die Türen zu zählen, an denen wir vorbeigelaufen waren.

Moritz blieb mit einem Ruck stehen. Er streckte den Arm aus und zeigte auf die Wand.

»Guck mal, Merle, da! Da steht etwas geschrieben.«

Tatsächlich. An der scharlachroten Wand hing in Augenhöhe ein breiter vergoldeter Bilderrahmen. In altmodischer Schnörkelschrift war etwas auf die Leinwand geschrieben worden. Es war nicht leicht, im flackernden Kerzenlicht die Schnörkelschrift zu entziffern, aber nach den ersten zwei Wörtern erinnerte ich mich. Denn diese Sätze hatte ich so oft gelesen, dass ich sie auswendig kannte.

REGELN FÜR DIE MURKELEI
Niemals einem Troll vertrauen.
Bei Gefahr nach hinten schauen.
Folge stets dem Waisenfuchs,
er hat Ohren wie ein Luchs.
Wenn der Weltempfänger spricht,
hör gut zu und schwätze nicht.
In Gefahr und größter Not
bringt der Mittelweg den Tod!

REGELN FÜR DIE
MURKELEI
Niemals einem Troll vertrauen.
Bei Gefahr nach hinten schauen.
Folge stets dem Waisenfuchs,
er hat Ohren wie ein Luchs.
Wenn der Weltempfänger spricht,
hör gut zu und schwätze nicht.
In Gefahr und größter Not
bringt der Mittelweg den Tod!

»Was bedeutet das, Merle?«, fragte Moritz mit zitternder Stimme.

»Das steht doch da«, antwortete ich. »Das sind die Regeln für die Murkelei.«

»Aber das sind keine Regeln, das ist ein Rätsel. Wer ist der Waisenfuchs? Und welchen Weg soll man gehen, wenn der Mittelweg den Tod bringt?«

»Vielleicht gibt es einen oberen und einen unteren Weg. Ich weiß es nicht, Moritz. Ich habe keine Ahnung.«

Moritz' Augen füllten sich mit Tränen.

»Ich will nach Hause, Merle! Ich will hier nicht sein!«

»Wir können noch nicht nach Hause. Wir müssen doch erst den Weltempfänger finden.«

Aber ich wusste selbst nicht, wie das gelingen sollte. Wir hatten den Weltempfänger im saphirblauen Flur verloren. Wir befanden uns jetzt im scharlachroten Flur. Wenn die Murkelei eine Drehbühne war und wenn sie in vier Teile geteilt war, würden wir frühestens übermorgen wieder den blauen Flur betreten können. Wenn ...

BEI GEFAHR NACH HINTEN SCHAUEN

Ein eisiger Luftzug wehte plötzlich durch den scharlachroten Gang. Die Hälfte der Kerzen erlosch. Wir standen im Dämmerlicht.

Die goldenen Salamander huschten blitzschnell die Wände hinauf, sammelten sich an der Decke und blieben dort reglos sitzen.

Moritz und ich machten es ihnen nach. Auch wir standen starr vor Schreck auf dem wolkenweichen Teppich.

Irgendetwas Unheimliches war auf dem Weg zu uns. Wir konnten die Gefahr fühlen. Die Härchen auf meinen Armen stellten sich senkrecht, und ich bekam Gänsehaut. Eiskalte Schauer liefen mir über den Rücken.

Wenn Papa früher Geschichten aus der Murkelei erzählt hatte, hatte er immer wieder gesagt, dass die Dinge ganz anders sein konnten, als sie auf den ersten Blick schienen. Er hatte uns beschworen, uns niemals täuschen zu lassen, schon gar nicht vom Aussehen eines Wesens, das uns begegnete.

»Denn harmlos aussehende Wesen können blutrünstige

Monster sein«, hatte Papa gesagt. »Und umgekehrt. Die, die aussehen wie blutrünstige Monster, können die sanftesten Gefährten werden. Wir wissen noch viel zu wenig von der Welt hinter der Welt«, hatte Papa gesagt. »Manches können wir heute nur vermuten und letztlich nie ganz sicher sein, ob unsere Vermutungen richtig sind. Irgendwann aber werdet ihr beiden Glückskinder die Tür zur Murkelei öffnen. Dann wird sich zeigen, ob meine Vermutungen stimmen.«

»Was auch immer geschieht, lass dich nicht täuschen, Moritz«, flüsterte ich meinem Bruder ins Ohr. »Denk daran, was Papa gesagt hat.«

Moritz nickte, und dann sagte er leise: »Niemals einem Troll vertrauen. Bei Gefahr nach hinten schauen!«

Wir drehten uns beide gleichzeitig um.

Mit lautem Wutgeschrei stürzten sich die Spitzzahntrolle auf Moritz und mich. Sie hatten sich lautlos von hinten angeschlichen und zeigten nun ihre wahren Gesichter – und die waren wutverzerrt.

Moritz und ich wehrten uns mit aller Kraft, wir traten, wir bissen und boxten, wir zogen die Trolle an den Bärten, aber es half nichts. Sie waren in der Überzahl.

Die Spitzzahntrolle überwältigten uns, banden mit fein gedrehten Seilen unsere Hände auf dem Rücken zu-

sammen und tanzten vor Freude über ihren Sieg bösartig kichernd um uns herum. Und dann fingen sie an laut zu singen.

Alle Kinder sind verfressen,
wollen Schokolade essen!
Schokolade ist gesund,
steckt sie einfach in den Mund!

Ihr sollt knabbern, kauen, schlucken,
tief uns in die Augen gucken.
Schokolade ist gesund,
steckt sie einfach in den Mund.

Ist die Schokolade fein,
tritt schon bald die Wirkung ein.
Schokolade ist gesund,
steckt sie einfach in den Mund.

Und vergesst nicht, laut zu schmatzen,
denn euch sollen Ohren wachsen.
Schokolade hilft da sehr,
Darum esst ein bisschen mehr.

Und ihr schrumpft und werdet klein,
so wie wir, so sollt ihr sein.
Schokolade hilft da sehr,
darum esst ein bisschen mehr.

Denn was glaubt ihr, wer wir sind?
Alle waren mal ein Kind!

Moritz weinte leise vor sich hin.
Ich versuchte, mir einen Ausweg zu überlegen, aber ich fand keinen. Sie würden uns mit Schokolade füttern, so viel war klar. Sie würden uns die Schokolade in den Mund stopfen. Mit gefesselten Händen würden wir uns nicht dagegen wehren können. Ich stand da mit gesenktem Kopf und betrachtete meine Füße.

Unsere Füße hatten die Spitzzahntrolle nicht gefesselt!
Wir hatten also doch eine Chance, wenn auch nur eine winzige.

SILBERTRÄNE

Der Anführer der Spitzzahntrolle hob den Arm. Blitzschnell kreisten die anderen uns ein. Sie hatten den Blick gesenkt. Ihr bösartiges Kichern hatte aufgehört.
Der Anführer räusperte sich und begann zu sprechen.

»Aufgemerkt, ihr Trollgenossen!
Viele Jahre sind verflossen.
Hier steht frisches Menschenblut.
Alles wird nun wieder gut.
Ach, das wird Frau Wolle freu'n,
unsre Zahl wird siebzehn sein.
Führt sie nun in jenen Raum
mit dem Schokoladenbaum.
Füttert sie und gebt fein acht,
dass ihr alles richtig macht.«

Die Spitzzahntrolle stampften mit den Füßen Beifall. Das machte ein sehr dumpfes Geräusch, denn der wolkenweiche Teppich dämpfte ihre Tritte.
Moritz war kreidebleich. Ich stellte mich dicht neben ihn

und hob dann den Kopf, um zur Decke zu schauen. Die goldenen Salamander saßen immer noch dort. Sie hatten sich jedoch so angeordnet, dass ein Schriftzug entstanden war. FOLGE DEM FUCHS, las ich.
Noch während ich die Wörter las, kam eine Unruhe bei den Spitzzahntrollen auf. Sie wisperten und tuschelten nervös. Der enge Kreis, den sie um uns geschlossen hatten, öffnete sich. Zehn Meter vor uns wurde plötzlich eine der weißen Türen aufgestoßen, und ein Fuchs trat auf den Gang. Er hatte ein silbergraues Fell, große Ohren, eine zierliche Schnauze, und eine dunkle Maske lag um die klugen hellen Augen.
Ich hörte, wie die Spitzzahntrolle sich ängstlich etwas zuraunten:

»Es ist kein Luchs!
Es ist keine Hyäne.
Es ist der Waisenfuchs,
die Silberträne!«

»Werft euch zu Boden, Spitzzahntrolle!«, befahl der Anführer. »Es ist der Liebling von Frau Wolle!«
In diesen Sekunden wurden die Karten neu gemischt. Alle Spitzzahntrolle hatten sich auf den Boden geworfen

und vergruben ihre hässlichen Gesichter im wolkenweichen grünen Teppich.
Moritz sah mich an, ich sah Moritz an, und dann streckten wir unsere gefesselten Hände dem Silberfuchs entgegen.
Der schien uns zunächst nicht zu beachten, denn er war damit beschäftigt, die Spitzzahntrolle zur Seite zu schieben. Dabei kam ein grimmiges Knurren aus seiner Kehle.
Dann aber hörten wir zum ersten Mal seine richtige Stimme. Es war eine dunkle, wohlklingende Männerstimme, die mich sofort an Papas Radiostimme erinnerte.
»Macht Platz«, sagte der Silberfuchs. »Lasst mich durch eure Gasse gehen. Ich hol die Kinder ab, Frau Wolle will sie sehen!«
»Macht Platz!«, echote der Anführer der Spitzzahntrolle.
»Lasst ihn durch unsre Gasse gehen. Er holt die Kinder ab. Frau Wolle will sie sehen!«
Dabei verbeugte er sich so tief vor dem Fuchs, dass seine lange Nase ganz im grünen Teppich verschwand.
Der Silberfuchs stand jetzt genau vor Moritz und mir. Er zwinkerte uns zu, hob die rechte Vorderpfote und zerschnitt mit seinen scharfen Krallen unsere Fesseln.
»Beeilt euch! Schnell, schnell!«, drängte der Fuchs. »Wir müssen die Schrecksekunde ausnutzen. Sie sind ein

bisschen langsam im Kopf. Wir brauchen diesen Vorsprung, denn wenn sie erst begreifen, dass ich euch wirklich befreit habe, werden sie fuchsteufelswild.«

Er kicherte, und auch sein Kichern hörte sich genauso an wie das von Papa.

Der Fuchs lief vor, Moritz und ich folgten ihm. Vielleicht war es der Klang seiner Stimme, vielleicht war es seine Freundlichkeit, aber wir hatten plötzlich gar keine Angst mehr. Ich wäre dem Fuchs bis ans Ende der Welt gefolgt, und ich wusste, dass mein Gefühl richtig war: Der Silberfuchs würde uns beschützen.

»Regel Nummer zwei!«, flüsterte Moritz. »Folge stets dem Waisenfuchs, er hat Ohren wie ein Luchs.«

»Worauf du dich verlassen kannst«, sagte der Fuchs.

Die weiße Tür, durch die er den scharlachroten Flur betreten hatte, wurde hinter uns verriegelt. Aus den Augenwinkeln sah ich, dass es zwei goldene Salamander waren, die den Riegel zuschoben.

»Die Salamander sind die Türwächter in der Murkelei«, erklärte der Fuchs. »Ich glaube, ich vergaß, mich vorzustellen: Silberträne ist mein Name. Frau Wolle sagt, eure Namen wären Merle und Moritz?«

»So heißen wir. Ich bin Merle«, antwortete ich.

»Und ich bin Moritz!«

»Dann seht euch mal in Ruhe um, Merle und Moritz!«, sagte der Fuchs, der Silberträne hieß. »Im Augenblick sind wir in Sicherheit. Die Salamander gehorchen nur Frau Wolle und mir. Diese Spitzzahntrolle können keine Türen öffnen, auch wenn sie das gerne behaupten!«

FIDIBUS

Das Unglaubliche von gestern war heute noch unglaublicher geworden, aber dieser Raum hier war am allerunglaublichsten.

Dunkle Holzregale, die bis zur Decke reichten, unterteilten ihn. Die Regale waren so aufgebaut, dass wir glaubten, wir wären in einem Irrgarten. Sie waren vollgestopft mit Spielzeug. Großen Puppen, kleinen Puppen, alten Puppen, neuen Puppen, Kletteraffen mit langen Armen, Pandabären, Schmusekatzen, Osterhasen, Stofflöwen, Dinosauriern, Bällen, Brummkreiseln, Tretautos, neuen Ballonreifenrollern, alten Puppenhäusern, Glasmurmeln, Kaufläden, Prinzen und Prinzessinnen, Schneekugeln, Playmobils, Legokisten, Spielzeugautos, Schaukelpferden, Puppenkleidern, Zauberstäben, Leuchtschwertern, Ritterburgen, Zauberkästen, Brettspielen, Laufrädern, Fahrrädern, Spieluhren, Eisenbahnen und Seifenblasenmaschinen.

Von der Decke hingen Kletterseile, Schaukeln und Strickleitern herab, so wie in alten Abbruchhäusern die langen zerrissenen Spinnweben. Mit vor Staunen offenen Mündern gingen wir Schritt für Schritt durch das Labyrinth. Es hatte uns die Sprache verschlagen, denn wir wussten beide, dass wir so etwas Großartiges nie im Leben wieder sehen würden.

Aber plötzlich und völlig unerwartet stieß Moritz einen lauten Schrei aus.

»Fidibus!«, rief er. »Da ist mein Fidibus!«

Mit zitterndem Finger zeigte mein Bruder auf ein Regal am Ende des Ganges. Ganz hoch oben saß eine bunte Holzgiraffe mit einem runden hellblauen Hut. Der rechte Vorderfuß der Giraffe fehlte.

Solange ich denken konnte, hatte Fidibus bei uns im Kinderzimmer gewohnt. Moritz hatte seine ersten Babyzähne an den Giraffenhörnern ausprobiert, und Fidibus hatte das nicht übel genommen. Er hatte Moritz trotzdem jede Nacht bewacht, hatte einen Schal getragen, wenn Moritz Mandelentzündung hatte, oder ein Zwiebelsäckchen an den Hut gebunden bei Ohrenschmerzen. Der treue Fidibus war immer für Moritz da gewesen. Jedes Fieber hatte er mitgefiebert, jedes Nasenbluten mitgeblutet.

»Dein Fidibus ist ganz und gar aus Mitleid gemacht!«, hatte Papa immer gesagt. Und irgendwie hatte das sogar gestimmt. Denn als der dicke Oskar aus der Kindergruppe mit seinem blöden Tretauto Fidibus den Fuß

abgefahren hatte, war es Fidibus selbst gewesen, der Moritz tröstete.
Und eines Abends im April war Fidibus verschwunden. Wir hatten nachmittags mit Papa im Park ein Picknick gemacht, und als wir wieder nach Hause kamen, war Fidibus weg. Natürlich hatte Papa sofort die Taschenlampe genommen und war den ganzen Weg zurückgegangen, aber er konnte Fidibus nicht finden. Auch am nächsten Tag fanden wir ihn nicht und am übernächsten nicht und am Tag danach auch nicht. Wen wir auch fragten, niemand hatte Fidibus gesehen. Der lange Parkwächter nicht und die dicke Frau mit den drei Malteserhündchen nicht. Fidibus war wie vom Erdboden verschluckt.
Moritz war untröstlich gewesen. Er hatte nichts mehr essen wollen und weinte sich jeden Abend in den Schlaf. Mama, Papa und ich hatten alles versucht, um ihn aufzuheitern, aber vergeblich. Moritz hatte schließlich eine schwere Lungenentzündung bekommen. Es war seine erste Krankheit ohne Fidibus gewesen. Mama und Papa hatten abwechselnd Tag und Nacht an seinem Bett gesessen und hatten mit einem Strohhalm Orangensaft in seinen Mund geträufelt. Sie hatten Wadenwickel gemacht und mussten zwei Wochen Urlaub nehmen, bis Moritz wieder gesund war.

Und noch Monate später war ich nachts wach geworden, weil Moritz im Schlaf immer wieder laut nach Fidibus rief.

»Fidibus!«, rief Moritz, und helle Freudentränen liefen ihm die Wangen hinab.
Silberträne zog schnell eine Strickleiter ans Ende des Ganges. Erst jetzt sah ich, dass die Seile und Schaukeln und Strickleitern in Schienen liefen, sodass man sie überall hinziehen konnte, um ein Spielzeug zu holen.
Mit zitternden Knien stieg Moritz langsam die Strickleiter hoch. Silberträne und ich standen unten und hielten die Leiter ruhig.
»Du wirst dich fragen, was das hier für ein Raum ist«, sagte der Fuchs mit wohltönender Stimme und sah mich an.
Ich nickte.
»Frau Wolle nennt ihn das Zimmer der verlorenen Lieblinge. Denn alle Spielzeuge, die in diesen Regalen liegen, sind irgendwann verloren gegangen. Frau Wolle streift nachts durch die Stadt und sucht. Sie ist immer noch die beste Sachensucherin der Welt, obwohl sie schon alt ist und ihre Beine nicht mehr so wollen wie früher. Sie braucht jetzt einen Stock für die langen Wege, und sie braucht mich.«

Silberträne trug die Nase auf einmal ziemlich hoch für einen Fuchs. Er grinste breit.

»Na ja! Eigentlich braucht sie nur meine Augen, denn um die eigenen ist es auch nicht mehr so gut bestellt. Und wer nichts sieht, der kann nichts finden, nicht wahr?«

»Aber wie kommt Frau Wolle denn diese Strickleitern hoch, wenn sie die Sachen einräumen will? Da hat ja selbst Moritz Mühe, und der hat ganz junge Beine!«

Silberträne lachte. »I wo, so was muss Frau Wolle doch nicht selbst tun. Fürs Einräumen sind die Spitzzahntrolle da. Dieses Lumpengesindel!«

Silberträne und ich blickten nach oben. Moritz hatte das oberste Regalbrett endlich erreicht. Er streckte den Arm aus, griff nach Fidibus und drückte die Holzgiraffe fest an seine Brust.

Silberträne und ich hörten den Seufzer der Erleichterung, und die Freude des Wiedersehens machte den Raum heller.

JA, MACH NUR EINEN PLAN

Ja, Moritz war das glücklichste Kind der Welt. Er strahlte. Seine Augen leuchteten vor Freude. Seine Wangen glühten. Er presste Fidibus an sich, und er würde ihn nie mehr loslassen.

»Jetzt fehlt nur noch der Weltempfänger«, sagte ich.

»Das wird schwierig.« Silberträne legte die Stirn in Falten.

»Ach was«, lachte Moritz und klopfte sich auf die Brust. »Wer den Fidibus findet, der findet auch den Weltempfänger.«

»Nein«, erwiderte Silberträne. »So einfach ist das nicht. Der Weltempfänger ist nämlich nicht in Frau Wolles Lager. Die Spitzzahntrolle haben ihn als Unterpfand genommen. Sie haben ihn in den Gängen, die sie bewohnen, versteckt. Glaube mir, es wird schwierig sein, den Weltempfänger zurückzuholen.«

»Aber wir müssen ihn finden«, sagte ich.

»Ich weiß, Merle.« Silberträne sah mich an. »Ich weiß, dass der Weltempfänger die einzige Verbindung zu eurem Vater ist. Aber das wissen die Spitzzahntrolle auch. Und sie sind bösartig, hinterhältig und herzenskalt. Sie kennen kein Mitleid, das macht es so schwierig. Sie sind meisterhafte Täuscher und Blender und Gaukler, und die Gänge, die sie bewohnen, sind verwinkelt und gespickt mit Fallen.«

»Aber wir haben doch Fidibus an unserer Seite«, sagte Moritz. »Wir haben dich und uns, und wir kennen die Regeln«, rief er. »Also los, wir holen jetzt den Weltempfänger!«

»Langsam, langsam, junger Freund. Du bist viel zu ungestüm. Bevor wir losgehen, müssen wir einen Plan schmieden. Am besten zwei Pläne! Oder noch besser drei Pläne«, sagte Silberträne. Er nahm einen Zettel aus dem Regal neben uns. Dann fuchtelte er mit der Pfote vor meinem Gesicht herum und zog einen Bleistift aus meinem Ohr.

»Also, Merle«, sagte Silberträne vorwurfsvoll. »Findest du es nicht etwas gefährlich, mit einem Bleistift im Ohr herumzulaufen?«

Ich starrte ihn mit offenem Mund an.

»Nun mach den Mund wieder zu«, sagte der Fuchs. »Sonst finde ich noch ein Radiergummi unter deiner Zunge.«

Moritz grinste breit und verschwand zwischen den Regalen. Silberträne dachte nach. Beim Nachdenken kaute er auf dem Bleistift, genau wie Papa das immer getan hatte.

»Komm mal her, Merle!«, rief Moritz.
Er hatte ein altes Grammofon entdeckt und untersuchte es von allen Seiten. Ein goldener Schalltrichter ragte in den Gang, und auf dem Plattenteller lag eine uralte Schallplatte.
»Die Ballade von der Unzulänglichkeit des menschlichen Strebens von Bertolt Brecht«, stand auf dem Etikett. Mein Bruder drehte an der Kurbel des Grammofons und setzte dann die Nadel vorsichtig auf die erste Rille der Schallplatte. Es knisterte und knackte, und dann fing eine Stimme an zu singen.

Ja, mach nur einen Plan!
Sei nur ein großes Licht!
Und mach dann noch 'nen zweiten Plan,
gehn tun sie beide nicht
beide nicht
beide nicht

Genau an dieser Stelle war ein Kratzer auf der Platte. Moritz setzte die Nadel noch einmal auf Anfang.

»Ja, mach nur einen Plan! Sei nur ein großes Licht«, sang die Stimme. »Und mach dann noch 'nen zweiten Plan, gehn tun sie beide nicht beide nicht beide nicht beide nicht …«

Die Stimme gehörte eindeutig einem Spitzzahntroll.

»Aufhören!«, bellte Silberträne. »Stellt die Musik aus! Sofort!«

Moritz' Kopf tauchte zwischen den Regalen auf. »Warum denn?«

»Weil das ein Ohrwurm ist«, knurrte der Fuchs Silberträne. »Der Ohrwurm frisst sich in unsere Gedanken. Sie wollen uns mürbe machen, noch bevor der Kampf begonnen hat. Das machen sie immer so. Das gehört zu ihrer Taktik.«

DER PLAN

Es war ein seltsamer Plan, den uns Silberträne da unter die Nase hielt. Denn auf das Papier hatte der Fuchs mit ungelenker Pfote Schlaufen und Kreise gemalt.

Moritz und ich beugten uns ratlos darüber und versuchten, einen Sinn aus den Schnörkeln zu lesen.

»Versteht ihr?«, fragte Silberträne. »Es ist kompliziert, aber wenn wir alles so machen, wie ich es aufgeschrieben habe, kann gar nichts schiefgehen. Man muss nur wissen, welcher Gang nach draußen führt, wenn man erst einmal unter der Erde ist. Ich habe es ja genau aufgeschrieben. Ihr müsstet es nur noch zweimal abschreiben, dann haben wir drei Pläne.«

»Drei Pläne«, murmelte Moritz. »Bist du sicher?«

»Ja, natürlich!«, sagte Silberträne. »Ich bin Weltmeister im Plänemalen. Frau Wolle liebt meine Pläne. Sie haben ihr schon so oft geholfen.«

»Aha«, sagte Moritz.

»Was heißt hier ›aha‹?«, fragte Silberträne.

»Das heißt, dass wir deinen Plan nicht so gut lesen können wie Frau Wolle«, sagte ich.

»Wie bitte?« Der Fuchs zog die Nase kraus. »Auf welche Schule geht ihr eigentlich? Haben sie euch da nicht mal beigebracht, wie man Pläne liest?«

»Doch, schon, aber du hast eine sehr besondere Schrift.«

»Das will ich wohl meinen«, sagte Silberträne. Er drückte Moritz und mir einen Stift in die Hand.

»Und jetzt wird abgeschrieben. Wenn ihr fertig seid, geht's los.«

... BRINGT DER MITTELWEG DEN TOD

Zwei goldene Salamander entriegelten die weiße Tür, die aus dem Zimmer der verlorenen Lieblinge herausführte. Silberträne hatte uns sicher durch den Irrgarten geleitet und huschte nun durch den Türspalt, um zu schnuppern, ob die Luft auch rein war. Dann stieß er die Tür weit auf und gab uns ein Zeichen, ihm zu folgen.

Tatsächlich. Wir waren wieder im saphirblauen Flur. Die goldenen Salamander hatten sich in goldene Pfeile zurückverwandelt. Der moosgrüne Teppich unter unseren Füßen war so wolkenweich wie gestern. Und wie gestern schien dieser Gang ins Unendliche zu führen.

Moritz und ich hatten Mühe, dem Fuchs zu folgen, aber das konnten wir ihm nicht sagen, denn Silberträne hatte uns verboten, im Gang zu sprechen.

»Wir müssen mucksmäuschenstill sein«, hatte er gesagt. »Je später sie merken, dass wir kommen, desto besser.«

Als wir dort ankamen, wo die Unendlichkeit aufhörte, standen wir vor einer tiefen Treppe, die aussah, als würde sie in die Unterwelt führen.

Moritz umklammerte Fidibus, und ich hielt mich am Treppengeländer fest. Silberträne war stehen geblieben, warf einen Blick über die Schulter nach hinten und vergewisserte sich, dass wir mitgekommen waren. Dann hielt er den Plan hoch und tippte mit der Pfote auf eine Stelle.
Wir hatten keine Ahnung, was er meinte, aber wir nickten und bedeuteten Silberträne, alles verstanden zu haben.
Und dann begann der Abstieg.
Je tiefer wir stiegen, umso hässlicher wurde der Gang. Unverputztes Mauerwerk, zerrissene Spinnweben, Staubschichten auf den Treppenstufen. Nur in der Mitte der Stufen lag kein Staub, denn da waren die Spitzzahntrolle mit ihren kleinen Füßen immerzu rauf und runter getrippelt.
Im Mauerwerk waren Nischen eingelassen, so wie in Kirchen. Aber es standen dort keine Heiligen, diese Figuren sahen aus wie Kinder, wie ausgestopfte Kinder. Ein kleiner dicker Junge mit weißblonden Stoppelhaaren, kurzer Hose und schokoladeverschmiertem Gesicht. Ein Mädchen mit dicken schwarzen Zöpfen und braunen Knopfaugen in einem rot geblümten Sommerkleid. Auch ihr Mund war schokoladeverschmiert. In der Hand hielt sie ein großes angebissenes Schokoladenei. Neben den Nischen hingen Messingschilder.

Melissa – Assilem, 7. September 2006, las ich. Neben dem Jungen stand: Axel – Lexa, 13. April 2001.
Als wir endlich unten waren, hatten Moritz und ich vierzehn Namen gelesen.

Melissa – Assilem
Axel – Lexa
Noel – Leon
Celina – Anilec
Mirko – Okrim
Marcel – Lecram
Ole – Elo
Maxi – Ixam
Ida – Adi

Das alles war ziemlich unheimlich, und eins war klar: Hätte Moritz seinen Fidibus nicht dabeigehabt und wäre der Fuchs nicht vorangegangen, nie im Leben wären wir diese Treppe weiter hinuntergestiegen.
Am Fuß der Treppe teilte sich der Gang in drei Richtungen.
In Kniehöhe hingen Straßenschilder. Der Oberweg führte nach rechts, der Unterweg nach links, und der Mittelweg führte geradeaus.

Silberträne schaute angestrengt auf seinen Plan. Er drehte das Papier hin und her und schien nicht zu wissen, welchen Weg wir einschlagen mussten. Moritz zeigte auf die Straßenschilder, dann beugte er sich zu mir und sagte tonlos: »In Gefahr und größter Not bringt der Mittelweg den Tod.«

Silberträne schlug sich mit der Pfote gegen die Stirn.

»Natürlich«, flüsterte er. »Dass ich da nicht selbst drauf gekommen bin.«

DIE FALLE

Wir steckten die Köpfe zusammen und besprachen tonlos das weitere Vorgehen.

Silberträne war sich sicher, dass die Trolle den Weltempfänger im Mittelweg versteckt hatten.

»Glaubt mir, sie kennen den Spruch, und sie wissen genau, dass ihr ihn auch kennt. Es gibt kein besseres Versteck. Und außerdem stirbt man nicht so schnell in der Murkelei.«

»Aber ich habe Angst«, sagte Moritz.

»Das ist gut. Die Angst macht dich vorsichtig, und Frau Wolle sagt immer: Vorsicht ist die Mutter der Porzellankiste!«

»Aber …«

»Kein ›aber‹, die Spitzzahntrolle sind zwar hinterhältig, listig, bösartig und verschlagen, doch ihr vergesst eins: Sie sind nur ein Viertel so groß wie ihr. Also los!«

Silberträne lief in den Mittelweg. Nach fünf Metern reckte er die Schnauze in die Luft, schnupperte ausgiebig und bedeutete uns, ihm zu folgen.

Mit der rechten Hand umklammerte Moritz seinen Fidibus, mit der linken drückte er meine rechte Hand so fest, dass mir die Tränen kamen. Der Mittelweg war breit und gut ausgebaut. Er glich eher einer unterirdischen Straße als einem Flur. Wir bekamen mehr und mehr das Gefühl, in einem Tunnel zu stecken. In einem langen Tunnel, so wie damals auf der Reise nach Italien. Der längste Tunnel auf unserer Strecke war der St.-Gotthard-Tunnel gewesen. Er war 17 Kilometer lang, und ich hatte mir die ganze Zeit vorgestellt, wir würden stecken bleiben.

»Kein Grund zur Sorge«, hatte Papa gesagt. »Hier gibt es überall Fluchttüren und hinter den Fluchttüren sind Treppen, die führen durch den Berg nach draußen.«

Der Tunnel, in dem wir jetzt steckten, hatte keine Fluchttüren. Nur am Ende schimmerte ein helles Licht. Und je näher wir diesem Ende kamen, desto deutlicher konnten wir auch die Stimmen der Spitzzahntrolle hören. Sie kicherten und reimten sich was zusammen.

Plötzlich blieb Silberträne stehen.

Er drückte sich eng an die Tunnelwand und gab uns ein Zeichen, das Gleiche zu tun. Die Tunnelwand fühlte sich kalt und glitschig an, kleine Wassertropfen perlten über die Steine. Der Fuchs zeigte auf die Tunneldecke.

Da waren sie. Es waren die schrecklichsten Monsterspinnen, die ich je gesehen hatte, und es waren Hunderte. Sie

krabbelten aus einem bemoosten Spalt und verteilten sich über die ganze Tunneldecke. Jede von ihnen trug ein rotes Kreuz auf dem Rücken.
»Malteserspinnen«, hauchte Silberträne. »Bewegt euch nicht.«
Wir hatten keine Ahnung, was Malteserspinnen waren, aber in Silbertränes Augen glänzte zum ersten Mal so etwas wie Furcht. Erst viel später hat er uns erzählt, wie giftig diese Spinnen wirklich sind. Die Spitzzahntrolle benutzen die Malteserspinnen als Bewegungsmelder, deshalb mussten wir uns reglos an die Mauer pressen. Jetzt sahen wir auch die feinen längs und quer gespannten Silberfäden, die den Tunnel durchzogen.
»Am besten, ihr hört auf zu atmen«, flüsterte Silberträne, und dann konnte er nichts mehr sagen, denn die Malteserspinnen hatten begonnen, ihn einzuspinnen. Sie webten ein dichtes feines Netz um unseren Freund und trugen ihn danach auf ihren Rücken ins helle Licht zu den Spitzzahntrollen.
Moritz und ich wagten es nicht zu atmen, bis auch die letzte Malteserspinne im hellen Licht am Ende des Tunnels verschwunden war.
Und dann fiel es uns wie Schuppen von den Augen: Silberträne hatte sich für uns geopfert.

DAS VERSTECK

Ab jetzt waren wir auf uns allein gestellt.

Wir rutschten Seite an Seite mit dem Rücken die glitschig feuchte Wand hinab und blieben auf den kalten Steinen am Boden sitzen. Moritz hielt seinen Fidibus umklammert. In einer kleinen Pfütze neben uns lag Silbertränes Plan. Der Plan war völlig durchgeweicht, aber vielleicht war das ja der Grund, dass uns die Schnörkel und Kreise jetzt irgendwie leserlicher vorkamen.

Mit zitternden Händen fischte Moritz das tropfende Papier aus der Pfütze und hielt es sich unter die Nase.

»Merle, sieh mal«, flüsterte er aufgeregt. »Sieh mal, das ist doch das Mauerstück, das uns gegenüberliegt!«

Tatsächlich. Man konnte genau das Stück Tunnelmauer uns gegenüber erkennen. Ich nickte.

»Und sieh mal«, flüsterte Moritz weiter. »Da ist ein Stein mit einem Kreuz markiert!«

Jetzt sah ich es auch. Sowohl auf dem Plan als auch in Wirklichkeit war einer der rauen Steine mit einem kleinen gelben Kreuz markiert. Moritz und ich sahen uns an. Und wir wussten, dass wir dasselbe dachten.

Das also war das Versteck, nach dem wir gesucht hatten. Das war das Versteck für den Weltempfänger. Wir mussten nur noch diesen einen Stein herausnehmen und würden unser kostbarstes Gut wieder nach Hause tragen können.

Vorsichtig robbten wir über den Boden des Tunnels auf die andere Seite.

Noch hatte uns niemand entdeckt, noch war alles ganz einfach. Ich packte den Stein und ruckelte dran. Tatsächlich. Er saß ganz locker im Mauerwerk. Es war ein Kinderspiel, ihn herauszuziehen.

Und wirklich: Hinter dem Stein war eine Vertiefung in der Tunnelwand, und in der Vertiefung ertastete ich den Weltempfänger. Nur mit Mühe konnte ich den Freudenschrei unterdrücken, der mir in der Kehle saß.

Ich zog den Weltempfänger heraus und hielt ihn wie einen Pokal hoch über den Kopf. Moritz strahlte, und sogar Fidibus schien zu lächeln.

Aber dann, von einer Sekunde zur anderen, veränderte sich alles.

WAS FÜR EIN SIEG

Die Spitzzahntrolle hatten sich in einer Zweierreihe aufgestellt und marschierten jetzt laut singend auf uns zu.

»Wir sind die Spitzzahntrolle
im Dienste von Frau Wolle,
der Königin der Murkelei.
Sie rief uns Trolle heut herbei.
Im Dienste von Frau Wolle
sind wir die Spitzzahntrolle.

Wir sind die Spitzzahntrolle
im Dienste von Frau Wolle.
Sie schickte uns zwei Kinder her
und macht uns so das Leben schwer.
Im Dienste von Frau Wolle
sind wir die Spitzzahntrolle.

Wir sind die Spitzzahntrolle
im Dienste von Frau Wolle.

Der Fuchs kann keine Rettung bringen,
er schläft bei den Malteserspinnen.
Im Dienste von Frau Wolle
sind wir die Spitzzahntrolle.

Wir sind die Spitzzahntrolle
im Dienste von Frau Wolle.
Ihr wisst, in allergrößter Not
bringt euch der Mittelweg den Tod.
Im Dienste von Frau Wolle
sind wir die Spitzzahntrolle.«

Moritz und ich standen wie gelähmt in der Mitte des Tunnels, als der Weltempfänger plötzlich zu rauschen anfing. Es knackte und knisterte im Lautsprecher, und dann hörten wir ganz laut und ganz deutlich eine Stimme, die uns von klein auf vertraut war. Es gab keinen Zweifel: Das war Papas Radiostimme. »ACHTUNG! ACHTUNG!«, hallte Papas Stimme durch den Tunnel.

Das Marschlied der Spitzzahntrolle brach ab.
»Kompaniiiieee! Stillgestanden! Reeechts um!«
Die Trolle waren verwirrt. Offenbar konnten sie rechts nicht von links unterscheiden, denn einige drehten sich

zur rechten, andere zur linken Seite. Das, was dabei entstand, war ein einziges großes Durcheinander.

Ich hielt den Weltempfänger fest in den Händen.

»Merle! Moritz! Lauft los!«, rief Papas Stimme. »Macht, dass ihr hier rauskommt, Kinder!«

Das musste er uns nicht zweimal sagen. Wir drehten uns um und rannten, so schnell wir konnten, durch den dunklen Tunnel.

»Schneller, schneller!«, spornte Papas Stimme uns an. »Moritz, denk an den Fidibus, gib alles!«

Ich hatte das Gefühl, meine Füße würden über die Steine fliegen.

Papa hörte sich jetzt an wie ein Sportreporter. Früher hatte er auf jedem Kindergeburtstag den Sportreporter gespielt. Aus dem blödesten Sackhüpfen hatte er eine olympische Disziplin gemacht, und jedes Eierlaufen wurde zum sportlichen Großereignis.

Er hatte einfach nur dagestanden, die Flüstertüte vor dem Mund, und alle Kinder hatten uns heimlich

beneidet, denn so einen Papa gab es nur einmal, und er wohnte im Hasenweg und gehörte uns.

»In Führung jetzt die wieselflinke Merle Neumann! Das sieht nach Weltbestzeit aus, liebe Hörerinnen und Hörer! Sie unterbietet alle Rekorde, doch sie wird dicht gefolgt von Moritz Neumann! Ja, wer hätte gedacht, dass der eigene Bruder der schärfste Konkurrent ist. Jetzt biegt das Geschwisterpaar in die Zielrunde ein! Weit abgeschlagen im Mittelfeld die Sportler aus der Murkelei. Doch da zieht ein neues Gesicht am Pulk der Spitzzahntrolle vorbei und nähert sich mit langen Schritten dem führenden Geschwisterpaar! Meine Damen und Herren, es ist der Läufer mit der Startnummer 13, Silberträne! Silberträne, noch zu Beginn des Wettkampfs verletzt, scheint sich erholt zu haben. Er holt auf! Meter für Meter macht er wett. Das ist eine Sensation! Damit hat niemand gerechnet! Und jetzt, auf den letzten Metern, ein erneuter Positionswechsel! Die Nummer 13 schiebt sich an Merle Neumann vorbei! Silberträne läuft als Erster ins Ziel! Der neue Weltmeister heißt Silberträne! Er reißt die Pfoten hoch und zu Recht, liebe Hörer! Was für ein Lauf! Was für ein Sieg!«

DER SCHWARZE LADEN

Keuchend standen wir am Fuß der Treppe. Moritz mit Fidibus, der Fuchs, der Silberträne hieß, und ich mit dem wunderbaren Weltempfänger.

Jetzt also würden sich unsere Wege trennen. Im Fell von Silberträne hingen immer noch weiße klebrige Spinnwebfäden.

Er zog die Nase kraus, dann sagte er: »Ich weiß, ihr schafft den Rest des Wegs allein! Ich bleibe hier und halte euch die Spitzzahntrolle vom Leib.«

»Aber welcher Weg ist richtig?«, fragte ich. »Ist es der Oberweg oder der Unterweg?«

Silberträne zuckte die Schultern. »Ich weiß es nicht, Merle! Ich habe die Murkelei noch nie allein verlassen. Mit Frau Wolle nehme ich immer den Haupteingang, und der ist dort oben.«

Er zeigte auf die steile Treppe. »Mehr kann ich nicht für euch tun. Ihr müsst allein herausfinden.«

Noch während er das sagte, hatte Silberträne sich umgedreht und war blitzschnell in der Dunkelheit verschwunden.

»Und jetzt?«, fragte Moritz.
Ich dachte nach, aber keine Idee kam. Ich versuchte es mit Kopfschütteln.
»Die Feder!«, rief ich.
»Moritz, wir haben doch die Feder von Frau Wolkenstein dabei. Ich weiß, was wir tun müssen. Wir müssen die Feder werfen und ihr folgen!«
»Die Eisvogelfeder?«
»Ja, Moritz, die Eisvogelfeder! Erinnere dich an die Geschichte von Satemin Seidenfuß. Da hat die Katze eine Feder geworfen, als sie den Weg nicht wusste. Das hat uns Papa immer vorgelesen.«
»Stimmt«, sagte Moritz »Das hat uns Papa immer vorgelesen.«

Er kramte in der Jackentasche von seinem Schlafanzug und zog die Feder heraus. Auch ich hielt meine Feder in der Hand. Sie schimmerte ganz blau und ganz geheimnisvoll.
»Jetzt!«

Gleichzeitig warfen wir die Eisvogelfedern hoch. Und wirklich, ein plötzlicher Luftzug trug die Federn in die Höhe und trieb sie vor uns her: den Oberweg entlang.
Das Laufen war ganz leicht. Ein bisschen war es so, als würde uns der Luftzug schieben. Ein bisschen war es so, als würden uns die Federn ziehen. Und dann standen wir wieder einmal vor einer Tür.
Aber diese Tür hatte Glasscheiben, die den Blick ins Innere eines Raums freigaben.
Der Raum war sehr dunkel, man konnte fast denken, er wäre schwarz. Und dennoch war zu erkennen, dass dort eine Theke stand. So eine altmodische Verkaufstheke wie in den alten Läden von früher. Auf der Verkaufstheke stand eine Registrierkasse mit silbernen Zahlenknöpfen, und auch die Kasse war aus einer anderen Zeit gefallen.
Moritz und ich schauten uns an und wir wussten, dass wir das alles schon einmal gesehen hatten. Aber wir wussten nicht, wo!

Ob wir wirklich in unsere Welt zurückkehren würden?
Ob das unsere Zeit war, die hinter dieser Tür auf uns wartete?
Der Laden sah ganz und gar nicht so aus, als wäre er von heute. Wir drückten unsere Nasen an den Glasscheiben der Tür platt und versuchten, mehr zu sehen. Im Dämmerlicht erkannten wir Regale, die über und über mit Spielzeug vollgestellt waren. Großen Puppen, kleinen Puppen, Osterhasen, Bällen, Brummkreiseln, Puppenhäusern, Glasmurmeln, Kaufläden, Schneekugeln, Blechautos, Schaukelpferden, Zauberstäben, Holzschwertern, Ritterburgen, Spieluhren und Seifenblasenmaschinen.
Aber auch diese Spielzeuge stammten aus einer längst vergangenen Zeit.
»Komm«, sagte Moritz. »Egal, was geschieht, wir müssen die Tür aufmachen.«

Das Unglaublichste war, dass wir wirklich und wahrhaftig in Gesine Wolkensteins schwarzem Laden standen.
Hier also endete die Murkelei. Drei Schritte noch, schon hatten wir die Ladentür erreicht. Sie war nicht einmal abgeschlossen.
Ein Glockenspiel schlug an, und dann standen wir in der Sperbergasse.

Wir atmeten tief durch, fassten uns an den Händen und liefen den Weg nach Hause. Vorbei an Tozzis grünem Eisentor, wo Tozzis Dackel kläffte und wütend hochsprang und dieses Krietschgeräusch machte, als er am Eisen abrutschte, vorbei am roten Haus, vorbei am gelben Haus, vorbei am blauen Haus. Und dann bogen wir in den Hasenweg ein, Moritz und ich mit Fidibus und Weltempfänger, und standen vor unserer Haustür.
Noch bevor wir den Klingelknopf drücken konnten, wurde die Tür von innen geöffnet.
»Da seid ihr ja endlich!«, sagte Frau Wolkenstein. Sie trug eine blaue Strickjacke, die so flauschig aussah, als wäre sie aus den Flaumfedern der himmelblauen Wellensittiche gestrickt, die in der großen Voliere vom Zoogeschäft Peters schimpfend von Stange zu Stange hüpften. Und ihre Augen waren so hell wie die Augen des Fuchses, der Silberträne hieß.

NACHWORT

Als ich ein kleines Mädchen war, holte mein Vater jeden Sonntagmorgen ein dickes Buch aus dem Bücherregal: »Die Geschichten aus der Murkelei« von Hans Fallada. Aus diesem Buch las er mir vor. Jeden Sonntagmorgen eine Geschichte. Und er erzählte mir, dass Hans Fallada die Geschichten aus der Murkelei für seine Kinder ausgedacht und aufgeschrieben hätte. Als das Buch ausgelesen war, bettelte ich so lange, bis mein Vater sich auch für mich Geschichten aus der Murkelei ausdachte. So lebte ich, als ich ein kleines Mädchen war, jeden Sonntagmorgen eine halbe Stunde lang in der Murkelei, und das verdanke ich meinem Vater und dem wunderbaren Dichter Hans Fallada.

Im April 2018
Jutta Richter

Hans
Fallada
GESCHICHTEN
AUS DER
MURKELEI